「コンビニ」が変えた時代

田村和昭
TAMURA Kazuaki

文芸社

◇目次◇

主な登場人物

山田和夫　コンビニ本部会社マークセブン社の社員。三十歳で入社、部長職で定年を迎え、現在六十四歳。主人公。

鈴村会長　マークセブン社初代会長。「コンビニ生みの親」と言われる人物。

猪坂社長　マークセブン社四代目社長。鈴村会長の薫陶を受け社長に就任。

主な登場企業・コンビニ大手三社

マークセブン社　業界最大手企業。

セカンドミルク社　店舗数では業界二位。

スリーファミリー社　日本で最初にコンビニを開店した。

時代背景

一九八〇年（昭和五十五年）～一九九〇年代のコンビニ各社の発展期を中心にした、二〇二二年（令和四年）までの物語。

序　章　マークセブン社への入社

マークセブン社は、コンビニエンスストアー運営会社であり、一九八〇年の秋に一〇〇〇店舗の開店を達成した国内トップ企業である。

山田和夫は、その半年前の春に中途採用社員として、千代田区にある本部に初めて出社をした。

三十歳を過ぎ、間もなく三十一歳を迎えようとしていた。以前は大手音響メーカーに勤務していたが、当時の電気・電子業界は新興国からの猛烈な追い上げもあり、いずれは厳しい価格競争になると予想し、転職を考え始めていた頃であった。

事実、その後そのような状態になり、何社もの中小輸出メーカーを中心に、事業縮小や廃業、企業譲渡などが相次いだ。

転職するに際し、マークセブン社はどんな社風なのか知りたいと思い、二回ほど事前に会社に足を運んでみた。

無論、会社の中には入れないが、ちょうどビルの裏口辺りだろうか、会議の休憩中なのか、たくさんの社員が雑談や喫煙で外に出てきていた。

その話を聞くともなく聞いていると、

「お前、今度、新設営業所の所長になったそうだな、頑張れよ！　おめでとう」

「ありがとう。でも営業所もこれから探さないといけないし、人手も足りないので採用から教育と、やることが多くて何かと大変だ。休みも当分返上だよ」

「新しいエリアでやり甲斐《がい》があるじゃないか。俺より先に出世したな、でも負けないで俺も頑張るぞ、部長には先になるからな……」

　こんな会話を交わしている彼らを見て、真面目な人間の集団だと感じ、生き生きとした顔の表情に好感を持つとともに、できるならば一緒に仕事をやりたい、そういう気持ちが山田の心の中にフツフツと湧いてきた。

　そんな経緯を経て入社に至り、あの「SV会議」*なるものに初めて参加をしたのは、半年間にわたる店勤務と研修を修了した後の、一九八一年春のことである。

　会議中の喫煙も珍しくない当時であり、机の上には灰皿が堂々と鎮座していたが、その濛々《もうもう》とした煙の中から登場したのが、マスコミでも何かと話題になっているマークセブン社の鈴村会長である。

　ライブハウスの中で、ジャズでも聴いているような雰囲気の中で現れた鈴村の姿を見て、山田はある種の感動と興奮を覚えた。

　三十分ほどの話の中で鈴村は、フランチャイズビジネスの根幹について、

「我々本部と店は表裏一体なのだ。特にスーパーバイザー（SV）は、直接店の運営に携わるわけではなく、第三者であるオーナーを通じて、その具現化をしていただく必要があ

る。そのためには、コミュニケーション能力を磨くべきだ」と静かに語った。

鈴村の話の根幹は常に同じだが、そのために繰り広げられる話題は無限を感じさせ、その中からいつの間にか基本の話に繋《つな》がり、分かりやすいのである。

山田は、どんな訓練をすればこのようになるのか、この人の頭の中を一度見てみたいと不思議な感じを覚えたのである。

鈴村の話は、常に身近な例や事象を織り込んで話し、具体的に聞き手にどのように話し、どんな伝え方をすれば理解してもらえるかを考えている。それが本来のコミュニケーションなのだと山田は感じた。

＊ＳＶ…店舗を巡回し経営指導をする者のことを言う。スーパーバイザーの略語。

第1章　入社して知るコンビニのあれこれ

1　伝説の「SV会議」

コンビニ各社の根幹を成す組織は、店舗を巡回し経営指導を行う運営本部と、オーナーを勧誘し店舗を作る店舗開発本部、さらにマーチャンダイザーと言われる商品開発本部を併せた三大営業部門が、各社それぞれ名称は異なるものの共通している。

マークセブン社では、この三部門に属する社員と役職者、そして役員までが一堂に会して、毎週火曜日に行われていたのが「SV会議」である。

山田が初めてこの会議に出席した一九八一年春頃の人数は、百五十人程度だったが、その後店舗の拡大とともに出席者も増えて、二千人以上にもなったのである。これだけの人数を一堂に収容できるビルはそうはないが、当時の港区やその後移転した千代田区のビルは、ぶち抜きで収容できるビルであった。

通例、入社後は、店勤務を半年以上経験してSVの任命を受けると、翌週から早速この会議への参加が始まることになる。

店舗は全国にあるので、北海道や九州の遠方から来る者は、月曜日の夜に東京に入り前泊し、翌火曜日朝九時からの会議に備える。そして夕方に会議が終わると、すぐに羽田空港までチャーターしたバスに乗り、その足で現地に戻り、翌水曜日からは店舗の巡回訪問や、見込みフランチャイジー（加盟者）の募集など、それぞれの業務に入るのである。火曜日はこのＳＶ会議を中心に、いくつかの分科会を含め終日会議が行われるのだ。

鈴村会長が、この毎週行われる会議の莫大《ばくだい》なコストよりも重視したのが、直接にコミュニケーションを取ることの重要性と必要性だったのである。

二〇二二年現在、コロナ禍が三年目に入り、在宅勤務やオンライン会議が行われ、仕事の仕方が変わったが、それでもコミュニケーションの原点は、人と人とが直接に会い、顔を突き合わせて話をすることが必要だということを、山田は改めて強く感じるのである。今またテレワークをやめて出社し、会議で議論を叩《たた》き合えとする企業トップの発言も多くなった。

マークセブン社では、鈴村自らが、どんなに多忙であれ最上階の会長室を出て、一階にある会議室まで毎回足を運び、自らの言葉で直接に社員を前に語りかけるのである。

マスコミにも大きく取り上げられ話題となった、この「ＳＶ会議」が、時代の変化を起こさせた原点なのである。

2　郷に入っては郷に従え

どこの会社でも朝礼はあるが、マークセブン社でも小売業らしく日々の売上状況を担当者が読み上げていき、状況を皆で確認していくのだ。

全国それぞれの地域ごとに、例えば北海道地区平均日販*〇〇円、予算比〇〇パーセント、九州地区平均日販〇〇円、〇〇パーセントと、北から南まで時間にして五分とかからない。そして読み上げたつど社員全員の口元から、「ました」の声がかかるのだ。

山田には最初その言葉の意味が分からず、「した」としか聞こえないので、なんの掛け声なのか終了後、人事担当者に聞いてみた。

「『した』、とはどういう意味です？」

笑いながら担当者は、

「あれは『した』ではなくて、『ました』です。どういう意味か分かりますか？」

逆に質問されることになった。

少し沈黙を置いて、山田が、

「『ありがとうございました』ですか？」と聞くと、

「近いですね。実は『分かりました』『承知しました』ということです」と返ってきた。

実際に仕事になると、上長から、

「山田さん、この報告書、〇日までに纏《まと》めてくださいね」と言われた場合、それに対して「ました」の返事だけで済むのだ。ほとんどの社員が男性・女性を問わず社内では用いていた。

もちろん社外では、相手に「ました」と言っても意味は通じないが、入社早々覚えた最初の言葉は、「ました」と、トイレ休憩に行くことを、「一分に行ってきます」と言う、その二言だけであった。

それと社内では、トップの鈴村会長以外は、役員であろうと部長であろうと、すべて、「〇〇さん」と「さん」付けで呼ぶのである。

以前の会社では、役職があればすべてそれを付けて呼んでいたが、ここではそれはなかった。組織だからマネジメントの階層はあるが、それを名前に付けて呼んでもあまり意味がない、という合理的な考え方にも大いに納得させられた。

要は、郷に入っては郷に従えということかと、山田は感じとった。

＊平均日販…一店舗当たりの一日当たり平均売上高を言う（「平均日商」とも言う）。

3　フランチャイズビジネスの在り方

ＳＶ会議で、壇上の鈴村会長から質問が飛んだ。

「君たち、我々のフランチャイズビジネスの基本的な考え方は、分かっているね」

唐突に指された社員は無言で首を横に振るだけで、無論、山田もすぐには答えが出ない。

「分からないようだから説明しよう。これには三つある。

一つは、本部が技術革新力（イノベーション）を持っていること。

二つは、契約は正しいルールを守って運営されていること。

三つは、加盟店と本部は、それぞれに平等であること。

この三点はよく覚えておきなさい」

この話を中心に会議は終了したが、山田は自席に戻り、言われたことを改めて自分なりに整理してみた。

一つ目は、世の中の変化に追従するため、個人ではできないことを本部が行う。当然多くの資金を必要とするので、本部は利益を上げ続けることが前提となる。

二つ目は、本部と加盟者がお互いに独立経営者として正しいルールを守り運営されているか。ビジネスの信頼関係を作り上げるために、一点一点お互いに内容を確認し合うことが契約なのだ。

三つ目は、加盟者ごとに格差があってはいけない、不公平があってはならないのだ。

加盟店と本部は、平等であることが原則で、それが組織を強くするものであり、また企業にはお客様、株主、取引先、社員などがおり、それらの継続性と発展性を保ちながら、売り上げを上げ、利益を確保していくものと、山田は学生の頃に習った。

得られた利益を、イノベーションに向けるということをハッキリと謳《うた》いあげ、フランチャイズビジネスの根幹を明確に示されたものと理解できた。

4　日本語に直して伝えろ！

「英語は使うな、日本語にしろ」

戦時中の話ではなく、ある日、鈴村会長が会議で放った言葉である。

「君たちは普段使い慣れているから気にもとめないだろうが、オーナーさんや社外の人が聞いて、分からない言葉や特に英語が多すぎる。相手の立場で考えれば平易な言葉で分かりやすく伝えるのが本来だろう。もう一度整理して統一しなさい」

一九八〇年代当初、社内にはディストリクト[*1]、ゾーン[*2]、デイリー[*3]、PLとBS[*4]、オープンアカウント[*5]、スーパーバイザー、リクルートなど、一見何を言っているのか分からない言葉が氾濫していた。それを指摘したのだ。

オーナーの中には英語が得意でない方もいるので、日本語に直せる言葉は極力戻せとの指摘であり、聞きながらもっともな話だと、山田は感じとったのである。

山田が最初に所属した部署は店舗開発本部だが、担当が「リクルート」と「店舗開発」の二部に分かれており、名刺には、「リクルート担当」と書いてあった。

社外の人に会うと、たびたび、

「店舗を作る部署なのに、なんで人事部の人が来るの?」とよく聞かれたものである。

確かにおかしいのだが、「リクルート」とは、軍隊用語で新参兵を募集するという意味で、これを社名としている大手人材会社もある。加盟者を募集することを考えれば、リクルートという言葉もありかと感じたのである。

一般的にコンビニは、フランチャイズの本部を「フランチャイザー」と言い、その事業精神を共有することで加盟を募り、オーナーを「フランチャイジー」と言うのだ。

平たく言えば賃料はいくら、敷金はいくら、契約年数は何年等々を決めるのは店舗開発担当の仕事で、もう一方のリクルート担当とは、フランチャイズ契約書を基に事業の考え方・仕組み・具体的な運営方法を説き、理解を得ることが仕事なのである。

山田は、一時期地方活性化ということで、「街中活性支援事業」の財団法人に出入りし、各地でのワークショップに参加したが、中心はほとんどが大学の先生方や門下の学生であり、かなり専門的な英語を話す人も多くいた。反面、参加者の大半は、地域の高齢者を含む生活を営んでいる方々なので、極力平易な日本語で説明をした。

おかげで「説明が分かりやすい」と言われた時に、山田は嬉《うれ》しくなった。

コンビニが日本中で、海辺の地区や山間部の所まで出店を果たしたのは、このような細かい配慮をもって全国展開を見据えた、鈴村の言葉も一因かと思う。

現在、大手三社を含み、買い物弱者に対して移動車による販売も積極的に行われており、ますますコンビニの利便性が高まっている。視点を変えれば、「顧客の立場に立って考える」ことは単に言葉だけのことではなく、提供するサービスや接客、商品、販売方法など、あらゆることに通じることなのである。

＊１　ディストリクト…地区を指す（例：新宿区）。
＊２　ゾーン…地域を指す（例：東京都）。
＊３　デイリー…毎日のこと（毎日配送される米飯や惣菜類など）。
＊４　ＰＬとＢＳ…損益計算書と貸借対照表を指す。

＊5　オープンアカウント…本部と加盟者の間で行われる会計処理方法。

5　深夜営業って二十四時間働くの？

深夜営業……、山田が好んで見ている映画の「深夜食堂」ではない。二十四時間営業のことであり、山田には、なぜ二十四時間営業をやる必要があるのか、深夜にお客が来るのか、誰がやるのかなど、入社する前には疑問が多々あった。

その是非を云々《うんぬん》するつもりはないが、この仕事に就いた頃（一九八二年四月頃）には、約八十パーセントのお店が深夜営業をしており、コンビニと言えば二十四時間営業が当たり前になっていたのである。

山田が転職した際に、仲間や先輩、知り合いからかけられた言葉の大半は、「大変だね、二十四時間働くの？　体に気をつけてね、いつ寝るの？」であり、半分慰め顔であった。コンビニの存在感そのものが、その程度だった時代なのである。

「何でそんな会社に入ったの。前の会社にいられなくなったの？」とまで言った友もいた。「それは良かった！」と喜んでくれたのは、会社のことをよく分からない母親だけだった。

山田には二十四時間営業について、二つの疑問があった。

一つは、都心はともかく郊外や地方都市・ロードサイドで二十四時間お客が来るのか。もう一つは、誰が営業をするのか。交替制なのだろうが、従業員は集まるのか。

部署に配属されるまでに半年間の店舗での研修期間があり、そこで二十四時間営業をするための交替制（シフト）を学び、実際に店舗でそれを実践してシフト表も作成したので、これらのことは理解できた。

二十四時間営業の実践も、多摩地区にあった駅から近い店舗に六か月間配属され、深夜シフトも自ら何度か経験した。

早朝シフトで朝早く店に着くと、パトカーが停まっている。何事かとドアを開けると、深夜に強盗が入ったとのことで、テレビでも大きく報道されたこともあった。

ある夜は、深夜も一時過ぎ頃までお客はパラパラと来店はあり、終電以降は酔客が一人で、或《ある》いは接客業風女性との二人連れ、カップル、残業帰りのサラリーマン、職業不明の方々などであった。

ほとんどの客は夜食としてのおにぎりや弁当、サンドイッチや惣菜《そうざい》などが買い物の中心だが、ハンカチや箱入りティッシュなども売れる。

接客業風女性は、連れの客に「パンスト買っていいかしら」と言いながら数足と、ビールやウイスキー、つまみ類、さらに氷などを買い物かごに入れ、店としては客単価の高い、まさに上客なのである。

深夜食堂ではないが、いろいろな人生模様がコンビニの店舗の中でも、僅かな時間だが展開することが山田には実感できた。

鈴村会長は二十四時間営業について、

「お客にとって便利な店がコンビニエンスストアーなのだ。運営する店にとっては大変かもしれないが、お客の立場に立てば便利な店なのだ」

続けて、

「二十四時間は、当然だが警察や消防署などもやっている。あれが十六時間だったら、深夜の火事や犯罪は誰が対応するのか。コンビニも、いずれは公共化するはずだ」と言われた時には、納得したと同時に本当にそうなるのかと驚いた。

認知度が低いコンビニが公共機関代わりになるとは、山田には想像できなかったが、事実それから間もなく公共化し、コンビニは時代を変えていったのだ。

マークセブン社で二十四時間を最初に始めたのは、福島県のロードサイド店舗で、一九七五年（昭和五十年）のことと聞いていた。

鈴村は、

「多くのお客さんに来ていただいている、何よりも深夜営業していることで、昼間の時間帯のお客さんが増えたことが大きいのだ」

この話を聞いて、また山田の目から鱗《うろこ》が落ちたのである。

６　深夜営業とＰＯＳの関係

深夜営業を支えるものの一つに、ＰＯＳ（販売時点情報管理）がある。

一九八二年の頃だが、今でこそレジで「ピッ」とやっているが、ＰＯＳをマーケティング手法として日本で最初に導入したのは、マークセブン社であると山田は記憶している。

アメリカではレジ打ちでの誤算が多く、売上金と実際の現金との「違算」が多く生じていたので、ＰＯＳはこれを防ぐための導入から始まったようである。

鈴村は、ＰＯＳをマーケティング・ツールとして捉え、その利用で売れ筋商品の把握と購入者の客層分析を行い、それを商品開発にも役立てようと考えたのである。

「深夜営業において、単に二十四時間店が開いているだけでは、コンビニとは言えない。お客から見て本当に便利な店はどこなのかの、選択を受けることになるからだ」

ＰＯＳの目的は、

「いつも店が開いていて、かつ欲しい商品があり、新鮮で美味《おい》しかった、と満足を得てもらうために、売れ筋商品の品揃《しなぞろ》えと品質の追求が、お客から問われる時代なのだ」

「仮に百点満点の満足をお客が得ても、次には百二十点のレベルを店に求められるのだ」

「限られた大きさの店の中で、在庫を最適化することにより、新商品の導入が容易になり、ニーズに素早く対応できることになる」と指摘したのである。

当時のコンビニ各社の店舗は、売り場面積が三十坪程度で、その中に約三〇〇〇品目の商品が置かれ、在庫と品揃え、売れ筋と死に筋の把握、タイムリーな発注と店舗運営のやり方など、解決すべき問題は山ほどあったと記憶するし、それを日々やり続けるしかないのが小売業の宿命であると山田は感じていた。

今では大企業から中小企業までPOSは導入されており、ビッグ・データーとして活用されているのである。

7　会議はダイレクト・マネジメント

マークセブン社の会議体系は、月曜九時からの幹部会議（課長職以上出席）に始まる。十一時から役員会でこれも毎週開催されており、午後からは業務業績改革会議（部長職以上）で、通称「業革」と言われる会議が始まるのである。

そして、翌日火曜の九時からはSV会議で、会議終了後の午後からは、営業三部門それぞれの分科会が始まる。

会議の連続であり、山田には、正直なところ月曜と火曜の二日間が終わるとホッとするものがあり、言い方は悪いがその週の仕事が終わった感じもしたのである。

各会議の底辺に流れる緊張感に、中途半端ではない独特のものがあるのだ。

なぜ緊張感が半端ないのか？　鈴村の言葉を借りると、

「我々のビジネスはフランチャイズなのだ。本来は会議にオーナーさんも出席するのだが、それはできない。君たちがオーナーの立場に立って考え、発言し、そして行動する役割を担っているからだ」

つまり一人二役なのであり、緊張感も倍加するのである。

したがって発表当事者の内容が、これらの意図に沿っていない場合や、自らの成果をよく見せようとして、見せかけに近い数字を羅列した時には、鈴村は容赦なく問い詰め、矛盾を追及し叱り飛ばしたことも多々あったのである。

大げさに言えば、国会答弁で官僚が作成した原稿を丸読みしている議員がいるとしたら、このような状況に該当するのではないか。むしろ民間会社だけに、会社の命運を担うとすれば、その追及の仕方には厳しさがあり、発表者自らがその内容を自分のものとしてしっかり消化していないと、こういう事態に陥るのである。

特に業務業績改革会議では厳しい指摘が続き、読んで字の如《ごと》く業務の改革であり、改善ではないからである。当時、政治の上で「行政改革」と言われ、それは国や地方政府の行政機関での組織や機能を改革することであり、通称「行革」と言われていた。マークセブン社でも同様に、業務業績改革会議を「業革」と呼んでいた。

この業革をはじめ幹部会議には、鈴村は必ずと言っていいほど毎回出席するので、発表者は前日の日曜日から、原稿の見直し修正や、発表の仕方などの確認をするのであるが、鈴村は少しでもおかしいと感ずる事柄には、随所に質問を発し何が言いたいのかを聞き、分析の仕方や会社の方向性を指し示し、時には次週へのやり直しを命じた。三週連続で発表をした者もいたし、短時間で発表を打ち切られた者もいたのである。

これらが嫌で会社を辞めた者や、ストレスを抱え込む者も多々いたと聞く半面、自分磨きの成長の場と考えれば、「鈴村学校」のようだという言葉も聞いた。

山田は、物事は取りようであり、プラス思考も大事だと思い、立場上は間接部門にいたため、業革発表する機会は僅かであったが、壇上に立ちマイクを握りしめた途端に、目の前が真っ白になったことを今でも思い出す。

第2章　仕事の仕方と広げ方

1　新しい組織を創り上げる！

一九九〇年春に、山田は店舗開発部店舗管理の課長に任命されたのである。入社してから十年ほど経過していたが、その間は店舗開発部リクルート担当として埼玉県、群馬県の加盟店の開発にあたっていた。

店舗管理業務の主軸は、これから増えると予見される、本部が貸主から借り受ける店舗の管理であり、企業の発展期に派生する新しい組織の立ち上げである。

嬉しいことに幹部会議の中で、運営本部の常務が多数の社員に対して、新組織で今後の後方部門として山田に大いに期待したいと語ってくれたのである。

「山田さん、頑張って」「山田、期待しているぞ」の声を背に、これまでの会社人生を改めて振り返り、新しい組織づくりに挑み始めたが、ふと、入社前にビルの片隅で聞いた当時の社員の会話を想い出したのである。

借り受けた店舗の運営は加盟者であるオーナーが行うが、山田には今後賃借店舗が増えるという理由を、その場所でコンビニに転換できる立地的要素と、敷地や建物面積が十分に確保できる酒屋、米屋、食料品店などの候補者が少なくなったからだと、肌感覚だが感じていたのである。実際にその方向へと各社共に進んでいくのであるが、その対応をいち早くしたのがマークセブン社であった。その貸主との全国的な窓口業務の立場となったのである。

マークセブン社の全国店舗数は当時約三〇〇〇店舗、そのうち約一割の三〇〇店舗がこの借り受け店舗である。要は三〇〇店舗の管理窓口であり、最初の仕事は店舗賃料の平準化――と言えば聞こえはいいが、それまでは契約書に書かれている如くに、三年ごとに賃料の改定を貸主と協議してきたが、ほとんどが値上げをしていたのであった。

会社も毎年好調に売り上げを伸ばしていたので、賃料改定交渉で揉《も》めたくないというのが本音であり、逆に貸主にとってはありがたいことである。

まず山田はそこにメスを入れ、最初は、賃料現状維持のお願いから始めた。これは問題なく進み、そして三年後の交渉時に、今度は値下げのお願いを恐る恐る申し出たが、これも全くと言ってよいほど問題はなかった。

なぜなのか、貸主の話を聞くと、他社の賃料は改定そのものが行われていないようで、貸主も毎月の賃料が滞りなく振り込まれていれば、それで良かったのである。

それらと比較すると、マークセブン社は三年ごとに連絡をして、しかも値上げをしてきたので、大家としては、まさに優良なる店子だったのである。

「マークさんはキチンと賃料は毎月払ってくれるし、三年ごとに家賃の見直しもしてくれるから絶対安心だよ」と、面と向かってそう言われた貸主もたくさんいたのだ。

さらに山田は、それまで電話や手紙で交渉していたのをやめて、必ず訪問し面談することにした。そして訪ねる前に店舗に立ち寄り、店の状況を見ておくと、貸主との会話が弾み、クレームも聞けたのだった。それだけでなく、何より一度お互いに顔を見ておけば、何かの折での電話でも話はスムースにいくのである。

これは鈴村から常日頃聞いていた、ダイレクトに相手と面と向かって話し合うということを、山田は実践したのだ。その会議の席上、何度となく、

「このダイレクト・コミュニケーションは、いくら金がかかろうとやり続ける」

そう言い放った鈴村の言葉を、今でも思い出すのである。

2　将来構想をどう考えるか

話を店舗管理の業務に戻し、全国貸主の窓口としてスタートし、賃料改訂業務から始めたが、これは業務の本命ではなく、貸主の総合管理としてのシステムづくりが目的で、平たく言えばペーパーで管理していたことを、デジタル化することだ。

システムづくりといっても山田は全くの素人なので、何から手を付けてよいか分からな

かったが、当時のシステム本部長より、

「鈴村から指示がありましたので、一緒に作りましょう」と、ありがたい言葉を頂いた。

「まず作るにあたり、どのくらいの大きさを対象としますか？」と聞かれ、

「大きさ？」と逆に質問する。

「具体的に、システム管理の店舗数を何店くらいの目標としますか？」

「店舗数か……」

山田はしばし考えて、

「現在は三〇〇ですから、三〇〇〇店舗くらいではどうでしょうか？」

自分では今の十倍の数字であり、少しホラを吹く気分で口をついたが、本部長は、

「三〇〇〇店舗では少ないですよ、七〇〇〇店舗でどうでしょう」と言って真面目な顔で見つめられた。

七〇〇〇店舗だとすると、オーナー方が直接に運営するフランチャイズ店舗を含めた全体での店舗数は、一体何店になるのか？　山田の勘ピューターではすぐには答えは出ない。

「現在の全店舗数が三〇〇〇店舗ならば、今後拡大する店舗数は五倍から七倍は見込まないと駄目かと思います。そうすると一万五〇〇〇から二万店舗となります。フランチャイズ店舗は、オーナーさんが将来的に年齢や健康等の問題で、本部が引き継ぐことも十分に

考えられます。本部が借り受けする店舗の比率は、今は一割だけれどいずれアップすると考えられ、それを見据えた対応が必要です」

確かにその通りかと感心して聞いていると、本部長は続けて、

「店には必ずお客様が来ていただける。店が自然災害で消滅しない限り、店はやり続けることが必要です。オーナーさんが店を存続できない場合は、本部が代わって存続させる。それがお店を利用していただいているお客様への安心感だし、同時にオーナーさん方への信頼感に繋がることにもなるのです」

黙って聞いていた山田は、具体的な数字と今後の予想を、自信ある言葉で言い切った本部長に感心しつつ、信頼感もより一層強くしたのである。

加盟者に何かあれば、本部がいったん運営して将来的に親族に引き継ぐなり、本部が賃借することにより、逆に加盟者が賃料収入を得ることになるのだ。

お客様・加盟者・取引先・本部が、お互いに未来永劫《えいごう》的に繋がるシステムである。

当時五十坪に満たない小さい店舗であったが、コンビニ店舗数ではマークセブン社は、三〇〇〇店舗の日本最大級の巨大チェーンになっていたのだ。

山田はこの話を聞いて驚きを隠せず、

（――この人は、俺よりも大ぼら吹きだなぁ。しかも将来を見通せる眼力がある）

口には出さないものの、山田の顔はそう語っていた。

いかに将来を見通しての現在の対応なのかを改めて考えさせられ、鈴村がよく、「店舗数はどのくらいを予定されますか？」というマスコミからの質問に対して、「分からないし、考えたこともない」とのコメントを述べているのを聞いたが、実は役員幹部たちにはすでに将来構想を説いていたのではないかと推測したのである。

二〇一八年一月末に、マークセブン社の国内店舗数は二万店を超え、国内で展開する小売業では初めての偉業となった。これがマークセブン社の凄《すご》さなのである。

3　店が乗っ取られる！

こうして店舗管理システムは稼働し始め、人員は山田と事務担当の女性の二人だけのスタートであった。

最初は、既存店の諸々要素の登録から始まり、新店の追加、賃料改定の該当店のリストアップ、交渉業務を経て契約更新後の書類作成等で、それから十数年の時を経て、渉外担当者は全国で十人以上となり、事務スタッフと合わせると二十人規模と拡大し、その後もさらに増えていった。

マークセブン社のフランチャイズ契約期間は十五年間と、大手三社の中で他二社の十年

と比較して五年ほど長いが、これも鈴村は、
「一生を共にこのビジネスに託すと加盟者が決断された時に、十五年くらいの長さがないと安心して加盟ができない」と述べ、建物改装・建設費を銀行からの借入も併せて、十五年間の特別なローンを全国各金融機関と組んだのである。

最初は長いと感じた十五年間も、過ぎてしまえば短いものであり、さらに十五年間の更新をしたオーナーもたくさんいた。当時で更新比率は九十パーセントを優に超える率であり、他二社との比率を大きく引き離していた。

しかし、十五年の間には加盟者の中には、いろいろな事故や病気・アクシデントも多々あり、不本意ながら店舗運営を辞めざるを得ない事態も生じ、閉店した店もあった。

そんな時は会社が、事情により加盟者から土地建物等を借り受けて継続をした店舗も多かったが、加盟される前には、酒屋・米屋・八百屋・食料品店やその他の業種を営んでいた人が多く、地元では名士と呼ばれる方たちもいたのである。

それでなくとも長時間営業ということから、主人や奥さんがいつも店頭にいるわけではなく、しかもハタからみると、今までの馴染《なじ》みの酒屋の看板が代わり、見ず知らずの従業員たちが店内で接客すると、
「どうもあの店はコンビニ本部に乗っ取られたようだ」という口コミが、あっという間に広く知れ渡るのである。

当事者は否定する時間もなく、また、多くを語らないのでそう思われても仕方がないが、山田と見込みフランチャイジーとの会話の中でも、「店を乗っ取られるからやらないよ」と、面と向かって言われたことも何度もあった。確かに看板が代わるということは、外部の者から見れば、当時はそういう意味や感じ方をしたのかもしれない。

フランチャイズの契約期間も長いので、ある意味人生問題も絡んでくる。一時は加盟者から引き継いだ店も、何年か経過し成長された子息や親族の方が、再びオーナーに戻るケースも多々あった。

変化の激しい時代の中で、特に中小小売店においては、一九八〇年代当時は一七〇万店と言われた小売商の店数も、一二〇万店程度に減少を余儀なくされていったのである。マークセブン社の契約は、契約書と共にそこには書かれていない、現実的で非常にヒューマンな面も多々あったと山田は感じている。

4　どうする、トップからの紹介案件

会社の知名度が上がり、全国的に店舗が増えてくるようになると、いろいろと紹介を受

けることが多くなる。

業務上、店舗出店に関わるものが多く、例えば加盟者候補の○○さんを紹介する、店舗用の土地を紹介したい、土地を買ってもらいたい云々である。

紹介元もまちまちであるが、当然役員やトップからの間接的な紹介もあり、秘書を通じての話であるが、その際に必ずと言ってよいほど、

「出店が難しくてお断りをする場合でも、一向に気を使わないでください」と付け加えるのであった。

本当に必ず毎回この枕詞《まくらことば》が付き、これは「変に忖度《そんたく》をするなよ」ということかと山田は考えた。断る時は意外と難しく気を使うし、ましてや上司となるとなおさらなので、「何で駄目なのだ」と言われても、駄目なものは駄目なのである。

そんなこんなでトップからの紹介だが、現場に情報を渡す前に、山田は現地の確認が容易にできる場所であれば、必ず見に行くようにした。そして誰の紹介なのかはあえて伏せ、現場に情報を流したのである。

それは、担当者が紹介者により忖度をしてはいけないからであり、現場から見るとトップは雲の上の人なので、否定的な報告は誰もしたくはないのだ。

実際、紹介案件は、適切な立地環境にそぐわないものが多く、断りを秘書に伝えたのが多かったが、その際には簡単な立地調査内容と、商圏範囲とされる周辺の住宅地図を添付

した。

後日、秘書から連絡が入り、質問があれば答え、ない時は、「結果が分かりましたので、紹介先にお伝えをします」という伝言も聞いたのである。

紹介者には、トップ自ら直接に、または秘書から回答が伝えられるかは定かでないが、ほぼダイレクトに答えが返ってくるのが、信頼感であり安心感に繋がると感じる。

結果が厳しい時ほど慎重に対応をするということを、後になり秘書から聞いたことがあり、山田もそれにならい、直接にまたは人を介して紹介を受けた際に、断る場合は手紙に書いて断ったものである。

現在は電話、メール、ＳＮＳなど便利な手段がたくさんあり、報告も伝えやすいが、「回答結果が不可の時は、一切連絡を差し上げないので、それでご理解をいただきたい」という猛者が、この業界には結構いるようだ。

時代の流れかもしれないが、山田としては紹介していただいた一つ一つを、大切な出会いの場にしたい気持ちが優先するのである。

5　紹介により輪が広がるのだ

紹介というのは実は大きな力を持っており、マークセブン社初期の店舗数が大きく増えたのも、ここからなのである。そして、紹介を積極的に進めたのは鈴村なのだ。

リクルート担当者は、加盟者を探すことが仕事のすべてであり、山田が入社の面接時に、当時の人事部長から聞かされたのは、

「山田さん、この仕事内容は経営コンサルタントなのです。小売店の状態を把握し問題点を指摘し、改善の方法を提案する、こんなやり甲斐のある仕事は他にありませんよ。そのためには毎日数多くの方と会ってもらうことです」

正直この言葉を聞いて感動し、入社する気持ちが一層大きくなったのである。

ところが入社してみると、毎日たくさんの人に会うこととは、自らの足で一軒一軒、酒屋なり米屋に飛び込み訪問をすることであった。そして売れ筋商品が入荷しない、仕入れ値が高い、人手が確保できない等々の改善点を店主に提案し、興味や関心の度合いをコンビニに向けさせ、気持ちを高め加盟へと誘うことであった。

簡単に言えば、やる気のない人にやる気を起こさせ、その気にさせるのだが、これには

何回も通い続けるしかない。セールス力があれば数回の訪問でその気にできるのだろうが、何せ力がないからひたすら通うだけである。

その回数は数回から三十回はざらであり、多いと三桁になったかと思うくらい通い続けた。そうすると何か親しみが湧き、先方からの信頼感が醸成され、そしてとどめの一言は、店主ではなくて多くは奥さんの言葉であった。

「あなた、山田さんもこれほど来ているのだから、加盟するのかしないのか決めなきゃ悪いよ」

ここで大概、店主は奥さんに、

「お前はどう思う？　コンビニやってもいいのか」

「あなたがやるなら私も手伝うよ」

これで決まりなのだ。店主たるもの自分の決断で決めたいが、奥さんの後押しとお墨付きを望んでいるわけである。

コンビニは夫婦で創り上げるのが基本で、お客さんも店主や奥さんの接客についてくるのだ。そこに商品の魅力や新鮮さと、ＰＯＳをはじめシステムがバックアップをしているのであり、決してシステムが商品を売るわけではないのである。

鈴村はこれらのことを見通し、

「良い立地を確保し、店のオペレーション力があり、夫婦揃って接客が良い店をたくさん作れば、おのずと店は増えてくる」と言い、実際多くのオーナーたちから紹介をもらったのである。

親戚や身内はもちろん、酒屋なら同業仲間から直接店に来てオーナーを訪ねた者など、見込み加盟者を紹介してもらえたのである。当初の飛び込み訪問は苦労も多かったが、こうなると仕事も面白くなるから不思議だ。

福島県や長野県、広島県などをはじめ、ある程度地域に店舗が拡大してくるとこのような状態を作り出し、一店の酒屋からコンビニに転身したオーナーが、親戚身内に輪を広げ、気づいたら二〇店以上になり、従業員も百人を超え、まさに中堅企業に成長させた加盟者もいた。

「ファンをたくさん作りなさい。その人たちが君たちの仕事をやりやすくしてくれるから……」

当時の鈴村の言葉が、今でも山田の耳元から離れない。

6　ある日の「業務業績改革会議」のこと

「我々は実務家であり、評論家ではないのだ。君のように大手建設会社から来た人には、それなりの考え方もあるだろうが、自分の部署のどこに問題があり、どのように仕事のやり方や、考え方を改革すればよいのかを分析しなければ駄目だ。一般的な建設業界の景気の話や人材育成の方法論、コストをこのようにして下げた企業の話などは、この会議には全く関係のないことだし、そんなことを聞く時間的余裕もない。評論家は帰って出直してこい。今日の会議はこれで終わりだ。全員解散しろ」

一瞬、山田は身の震えを感じた。業革会議の席上で鈴村会長から発せられた厳しい言葉で、発表者の時間は十分足らずで終了したのであった。会議の予定時間は通常六十分だが、鈴村をはじめ出席者はいそいそと部屋を後にし、それぞれの仕事に戻った。

ある日、中京地区の運営部長が発表した内容は、新地域の開店状況を報告したものだが、主旨は運営本部と開発本部が互いに協力をし、新店舗の開店を通じて仕事の仕方を共有して、「集中開店」を成したという筋書きであった。

当時、この地域にマークセブン社の店は開発途上のため未《いま》だ少なく、コンビニ市場は大手他二社と地元を含む三社を中心に展開しており、特に地元企業の牙城となっていた。

こうした情勢のもと、発表では、八月の単月で全国三五〇店舗、当該地区で六〇店超を集中開店し、各部署の情報共有を基に、きちんとした仕事を完遂させたという内容だった。

しかし、鈴村はこの発表の中で「集中出店」という言葉に着目し、

「平準化ができていないから、一か月間でこんな大量開店をするということは、通常ではあり得ない」と指摘し、

「問題意識を持っているようで、実は全くない。これはとりもなおさず仕事の仕方が、従来と変わっていないということだ。大量出店のためにどれだけベンダーさんや、オーナーさんと従業員、そして各部社員の仕事に迷惑をかけたのだ。それを分かっているのか。自分たちの目標さえ達成できればそれでいいのか」

「毎年同じことを繰り返してきたから、運営側もそれを常態として平気で受け止めている。何度も繰り返すが、店舗開発部の仕事は、商圏分析をしてそこから来店客層を予想し、商品構成を決めて、品揃えをしていくことだ」

「そして、これを運営本部に順次引き渡して行くことが本来の仕事だが、この一連の流れが全くできてないのが現状だ」

　続けて、

「例えば契約で年間十二件成約したと言っても、すべてテナント物件という者もいる。これでは不動産屋と同じであり、不動産を探すならば外部に委託してやらせればいいだけの話であって、やはり加盟者を増やすということで、そこが本来の仕事だという原点にもう一度戻る必要がある」

「我々の仕事は中小小売業の近代化と活性化を旗印に、フランチャイズ方式による共同事

業を目指すものである。そこを契約しなくて仕事ができていると誰が評価するのか。また、一年三百六十五日休みなく仕事をしている者もいると聞くが、それを良いとしているのが現在の開発本部のマネジメント体制である。きちっとしたマーケットリサーチをして、同時に加盟者を獲得してこそ仕事の完結であり、その成果としての対価を払っているのだ」

「また不振店も多いが、すべてがやっつけ仕事だからこういうことになる。ドミナント効果*を出していくという視点は、既存店の売り上げを上げながら新店も立ち上げていくことなのだ。もう一度仕事の仕方を見直してもらいたい」

次々と厳しい言葉が続いた。

そして鈴村は、厳しい顔つきから今度は笑みを浮かべ、出席者の顔を見つつ、

「いいかい、君たち、この中には東大出身者は一人もいない。国立大の卒業者はいてもトップの東大はいない。でも我々は今、この業界ではトップと言われて久しい。二流、三流でもやり方次第でできるのだ。決して妥協はするな。最後までやり遂げろ。そのためには仕事を好きになれ。毎日やり続ければ嫌なことも好きになる」

これでこの日の会議は終了したのである。

＊ドミナント効果…地域を特定し、その特定地域内に集中した店舗展開を行うことで経営効率を高め、地域内シェアを拡大し、他社の優位に立つことを狙う戦略を言う。

7　真の競争相手は誰か

「君たち、他店のＭＲ（店を視察すること）をしていると聞くが本当か？」

ＳＶ会議で鈴村会長から質問が飛んだ。

前列に座る運営部の責任者が、

「優先事項ではありませんが、他社の新店や繁盛店を見て、新商品や価格、発注レベル（数量）、レイアウト、接客、トイレのクリンリネスまで見るようにしています」と答える。

「見てどうするのだ」と質問が飛ぶ。

「良い点があれば、それを自店にも一部取り入れて対応しています」

責任者が答える。

「それで店の売り上げは上がったのか？　接客レベルは良くなったのか？　実際に何をどう真似たら、売り上げなり単価なり、接客なりが、いくらどう変化したのだ？」

鈴村の厳しい追及が続く。

「すいません、そこまでは分析しておりません」と責任者。

「今後は一切、競合相手や他店を見るな。そんなことをして仕事をしているつもりになっているが、時間の無駄だ。これが一番問題だ」

鈴村の言葉が続く。

山田も、他店のMRはよく行っていたし、「こんなおにぎりがセカンドミルク社にあった、スリーファミリー社にはこのスイーツが置いてある、こういう商品は当社では作れないのか」と提案をしたこともあり、MRをやめろという言葉には一瞬疑問を感じた。

「我々の競争相手は誰だと思う。同業者のコンビニではない、食品スーパーでもない。では誰だ、ということ」と鈴村は話し始めた。

「本当の競争相手はお客さんだ。お客さんが望む商品を並べ、しかも美味しくて値頃感がある商品。適切なサービスを提供し、接客が心地よいと感じる店を作れるかだ。お客さんのニーズより前には出られないが、その後をピタッとついて行くことはできるはずだ。

だからお客さんについていくことが競争なのだ。お客さんのニーズは次々と変わるから、負けないで併走し追従することだ。前に出れば自分勝手なニーズを無視した走り方になる」

そういえば、鈴村は高校時代の部活は、マラソンをやっていたと聞いたことがあると山田は思い出した。

「お客さんの立場に立ってすべてのことを考えれば、おのずと答えは見えてくるはずだ」

「お客さんの立場に立つことは、時に自分たちには辛《つら》く厳しいこともあるだろうが、それが我々の仕事だ。他の店を見てもそんなことは分からないし、参考にもならない。むしろ答えは自分の店にある」

理論家、「カミソリ鈴村」と言われた所以《ゆえん》である。

第3章　いい仕事をするために

1　店には歳をとらせるな！

山田が現場を担当していた一九八二年から一九八三年（昭和五十七年から五十八年）頃であるが、当時酒屋、米屋などを訪問した時、店主から、

「コンビニは大変そうだからやりたくないけど、あの商品は欲しいな。商品や弁当、おにぎりだけでも分けてくれる仕組みはないの？」とよく質問された。

山田は、都合のいい話だが、反面もっともな感想だと思いながらも聞いていたが、実際に個人商店には、売れている商品やテレビコマーシャルが流れている商品は、タイムリーに入荷しないのが現実であった。または入荷してもその数は僅かであり、そんな状態を知りつつ店主は入荷した商品や販促品を大事に扱い、大切なお客様を中心に販売して、せっせと顧客づくりをしていたのである。

その努力には頭が下がるが、店主たちは、マークセブン社の店を見てそういう商品が所狭しと並んでいると、個人経営の限界を感じてしまうのだ。かと言って簡単に勧誘には応じないのは、一国一城の主としてのプライドである。

ある時、会議で鈴村がこんな話をした。

「君たち、毎日鏡を見るだろう。顔を洗う時や髭《ひげ》を剃《そ》る時には見るはずだ。毎日顔を見ていると、僅かな変化に気がつかないことがある。それは顔のツヤが薄れシミが増え、白髪が目立つことなど、いわゆる老けていくことだ」

「店も同じなのだ。毎日きれいにはしているが、だんだんと設備は古くなり、壁紙は汚れ、床はめくり上がり、商品も売れないものが並んでくる」

「要は店主が歳をとると、それ相応に店も歳をとる。魅力のない店になってくるが、それは毎日店を見ている店主には分からないことだ。毎日、床やガラスを磨き続け、設備も新しいものに取り替えて、商品も同様に売れ筋を並べる。ユニフォームもきれいにしてハキハキと接客する。小売業という商売は、毎日これの繰り返しだ」と述べた。

毎日「飽きない」でこれを繰り返す、まさしく「商い」なのだ。

山田はこれをヒントに小売店を勧誘する時には、この言葉「店には歳をとらせるな」をキーワードに据えた。例えば店主夫妻が若くてまだ子供が小さい場合は、「将来喜んで継いでくれるような店づくりをしましょう」。また高齢に近づきつつある夫婦には、「店まで老け込ますことはやめましょう」と説いた。

マークセブン社の第一店の開店は、一九七四年（昭和四十九年）だが、ほぼ五十年を経過しているにもかかわらず、未だに色あせない店となっている。

オーナーの努力もさることながら、原点は、この「店には歳をとらせるな」の言葉通りに実践されているからなのだ。

2　稟議決裁はスピード

山田は、自分の体に染みついたことの一つに「スピード」があり、経営にも〝スピード経営〟という言葉があるように、それは一つの大きな方針であり、戦略でもあるのだ。

実際にマークセブン社卒業者に聞くと、他社に転職した者は必ずと言っていいほど、「マークセブン社の仕事のスピード感は、三倍から五倍は速い」と聞いた。

会社組織になると「稟議《りんぎ》決裁」という方法で経営判断がなされるが、ある時、鈴村は、各部門の最終決裁者だけが押印をしてスピードを速めるように求めた。

従来のやり方は、具体的には、各部門の最終決裁者は本部長になるが、その前の課長なり部長なりが、稟議を見た時にコメントをそれぞれが書き、豆印を押していく。そのため、一つの部門で最低一人から三人ほどが閲覧をすることになり、各本部を通過してトップに到達するのに、七部門長の時間が必要となるのである。

これについて、「回覧する稟議内容は本部長一人で決裁判断がつくはずだ」と指摘され、

「今後、部門担当者の豆印は一切認めない」と言われたのだ。

加えて「『賛成』か『否決』、どちらの押印でも構わない」と付け加えた。

稟議書は回覧中に部門により「否決」を押すことがあるが、そうすると起案部門に連絡が入り、「否決」の旨が伝えられる。すると起案部門では、否決されては困るので両部門で調整に入り、結果的に全部門揃って「賛成」を押印することで、トップに最終決裁を「ひとつよろしくお願いします」ということになるのである。

これだと、何せ時間が余計にかかるので、「賛否入り交じって構わないから、早く回覧しろ」というのが鈴村の真意であり、最終判断は「自らする」ということでもある。

このスピード感は、以後の仕事のやり方に大いに役立ったのだ。

まず、誰のための仕事なのかがはっきりし、判断力と決断力が問われる。加えて責任感が増してくる。すると、早めの決裁で次の仕事の循環がよくなる。これがスピード経営の良いところなのだ。

誰のための仕事なのかは、究極、加盟者であるオーナーだし、ベンダーであり、そしてお客様なのである。

3　売れない店の原因は何か

店舗の立地環境は、売り上げを左右する要因として大きいものがあり、これは各社ともに共通であり、いかに売れる立地を確保するかが店舗開発担当者の力量となるのである。

売り上げの上がらない店を不振店と言うが、鈴村会長はその原因は調査の仕方にあると指摘した。

ある時、ＳＶ会議の席上で、いつもは一番後方に座ることが多い店舗開発部全員に、前方に座るように指示が出た。山田を含めて何だろうという気持ちで、前列に座る。人数はおよそ五十人。

鈴村は不振店が多発している状況について触れ、その原因は開発担当者本人にあると糾弾し、会議の出席者に対しこう言ったのである。

「不振店を出している担当者の顔をよく見てくれ！　全員立て！　そして後ろを向いて、皆にその顔を見てもらえ」と。

我々は静かに椅子から立ち上がり後ろを向くと、大勢の社員の目と顔があり、複雑な心境で対面したのである。すべての者が不振店を作っているわけではないが、脛《すね》に傷のある者は心苦しく、ない者は無念の気持ちとなる。これは、「この屈辱を忘れるな」という鈴村からの叱咤《しった》激励と感じたのである。

これが、幹部社員が出席する業革会議になると、さらに鈴村の厳しさは増し、担当役員が名指しで呼ばれ、立たされ、叱責を受けるのである。

ある時は、店舗開発部の本部長以下出席者全員（役員・部長クラス）に、退出を命じたのである。これにはさすがに躊躇《ちゅうちょ》したが、追い討ちをかけるように鈴村の言葉が続く、「何をぐずぐずしているのだ、早く出ていけ」と。

しばらくの間、会議への出席は認めず、現場で活動するように言われた役員もいた。

叱り方にはいろいろとあるが、これだけ厳しく言われると、部門全体として反省しきりであった。幸いにも、山田には不振店が当時一店もないので胸をなで下ろしたが、それほど一店舗ごとの調査を含め、見極める力を持つことが要求されるのだと感じた。

売れない店は、利益が出ないし投資回収もままならず、オーナーも人件費や廃棄ロスなどの経費コントロールが難しく、そして会社も経費負担が増すので誰にも良いことはない。

鈴村は、絶対に経営の根幹を揺るがすことは許さないのであり、そこには当然、厳しさがついてくる、一時的に減少しても、しばらくすると不振店の芽はまた伸びてくるので、そうすると再びこの繰り返しであり、まさしくエンドレスにこれが続くのである。

では不振店の基準とは何なのか、山田は改めて考えた。

4　売上不振店舗の基準と最低保証とは

売り上げの上がらない店のことを、一般的には「不振店」などと言うが、マークセブン社の社内用語では「マーク店」と称していた。社名を不振店とするのは、山田はおかしいと感じたが、細かく精査・確認するという意味から、「マーク」するということかもしれない。

コンビニ業界で言う不振店の売上基準はどのくらいなのか？　山田も加盟を希望する者をはじめ、周辺からよく尋ねられる質問だ。その時に山田は、

「商圏調査は事細かく一〇〇項目以上にわたりリサーチし、ここで店を開店すればいくら売れるか数字的には出てきますが、それは約束されたものではありません」と前置きし、

「ここでその予測数字を言うことはしませんが、考え方としては、加盟店に対して最低保証制度というものがあるのです」と答えた。

現在でもコンビニ各社には、契約書に明記されている事項で、

「これは、十二会計期間を通算して、その合計金額が総収入で一千七百万円に達しない場合には、その不足額を加盟店に本部が負担し補給するという制度です。最低でも一千七百

万円は保証するという内容ですが、ここから店舗運営費等を差し引きますので、実際の収入ではありません。ここは大事な点なので間違わないでくださいね」と続けて話し、

「安心して加盟店が経営に専念できるように保証しているのであり、最初この金額は九百万円でしたが、時代とともに金額が増えて、今はこの金額なので、これはこれからも増えていくと考えられます」

確かにコンビニ各社の最低保証金額は、現在も増えているのである。

山田は、加盟希望者の顔を見ながらさらに話し続けた。

「この制度を基にざっくり計算すると、加盟店、本部ともども、最低でも一日当たり三十万円以上は確実に売れる場所の選定が必要となります。加えて売上予測のばらつきも考慮すると、三十五万円から四十万円は、ガイドラインとしての設定範囲となります。

当社も店を出す以上、利益が出ないと始まりません。加盟者も最低保証があるから加盟するという方はいないはずです。たくさん売り上げて利益を得たいのがご希望される点だと思います。

おおまかですが、その基準を満たす売り上げを、当社は一日四十万円としています。これが、不振店の基準と言えば基準なのでしょうね。他社のことは細かくは分かりませんが……」

加盟者からは、「じゃ、一日最低でも四十万円は売れるっていうことですね」と確認が来

るが、

「売れないと困るのですが、正直、保証はできないし、そこは分かりません。でも売れない時は最低保証があるので、十分ではないけれど商売には専念できるのです。考えてみてください。ご自分で商売をする時に、いくら売れるかなんて分からないですよね、ましてや開店直後はお客様も固定化していませんから、大変なのです」

納得した相手の顔を見て、山田も安心するのである。

実務上でも、最低でも四十万円以上の売上予測が見込めないと、稟議申請をすることに躊躇した。

大手三社では、マークセブン社の平均的な売り上げは、一日平均六十五万円であり、二位以下の企業は約四十五万円から五十万円弱と、実に大きな差が生じていた。この厳しい基準値と立地精査があり、加盟者の努力と商品力などが相まって、高い売上達成となっており、これは現在も変わらない。

マークセブン社の店が閉店すると、その後に他のチェーン店が入店することが当時は多々あった。それは実際に四十万円くらいの売り上げだと閉店するからであるが、反面、他社で四十万円も売れれば十分だという企業もあり、一日四十万円も買っていただけるお客の数は、およそ六百人程度かと推測できる。

こんな確実な出店はそうは簡単にできないので、他企業の店舗開発担当者はマークセブン社の閉店情報を必死に集めていた。

コンビニ発展期は、このように各社が店舗の開発に心血を注いでいた時代だったのである。

5　不振店の罪と罰

山田が自ら開発し不振店になった店は数店しかないが、それでもあったのは事実である。その罪と罰について山田はこう感じていた。

SV会議後の店舗開発部分科会で、毎週担当者ごとの業務進捗状況を発表するのであるが、これは一人一人が順番に立って報告をする。

正直、一週間でそんなに状況が変わることは少なく、これをいかに上手に報告すればよいのか、当時の一番の悩みと言えば悩みであった。

巷《ちまた》で聞く生保や住宅、自動車販売の営業マンのように、契約達成のつどバラの花は付けないが、各自名前の並んだボードに加盟店獲得数が棒グラフで示されるのである。

「山田、どうした、目標数が未達じゃないか。やる気あるのか。真剣味が足りないのじゃないのか。このままでは来年はここにはいられないな」等々、今ではパワハラとも思える厳しい叱責が上司から飛んでくるのである。

一か月三十日のうち、だいたい二回以上は上司の同行訪問があり、進捗過程は上司も把握しており、発表の際にはアドバイスを受けつつコメントをもらう。他の担当者への見せしめもあり、会議のつど誰か担当者が、上司の生け贄《にえ》になるのだ。生け贄になった者は気が気でないが、何とか耐えるしかないのである。

要はきちんと顧客リストに基づき手順に沿って訪問し、説明し、店舗案内等をこなしてゆけば、進められる案件は進むし、難しい案件は途中で振り落とされていくのだ。この辺りは経験の積み重ねを必要とする。

そして会議の中で次に重要視されたのが、不振店の考察であり、これは対象店舗を開発した者が立地を中心に再調査を自ら行い、なぜ不振店となったのか、原因の究明とともに反省の場でもあり、発表の時間はおよそ二十分から三十分間だった。

これを行うことにより、当初の調査内容から考えられた売上予測が、実際には人の流れが反対に向いていたり、〝分水嶺《ぶんすいれい》〟といってちょうど人や車の流れの真ん中に位置し、導線が左右に泣き別れてしまったり、大きな別の吸引要素があり、そちらに迂回《うかい》してしまうなど、いろいろな事実が判明してくるのである。

さらに、開発した店に自ら一日四時間以上入り込み、客数・客単価の確認や、来店客層、来店手段、買い物同行、品揃え、買われ方、時間帯別の利用者など細かい確認を行い、かつオーナーのモチベーションが落ちないようにすることも大事なことであった。

不振店を開発すれば、店に入り込む時間を余儀なくされ、それは本来の開発業務に、時間的にも精神的にも専念できないことになるのだ。再調査や入店するのに要した時間のために、契約件数や開店件数が減りましたという理屈は、会社は決して認容してくれないのである。

また、半年ごとに自己診断制度があり、これは簡単に言えばその間の成績を棚卸しするものであり、契約と開店それぞれの目標数と期間中の達成率に加え、開店に対する不振店の発生率も含まれる。

これには店舗ごとの平均日販によりさらに減率が加えられ、開店成績は約二年間の推移をみることになっているので、つまりその期間は自らの営業成績に響くのである。

要は、不振店をたくさん開発すると、数多くの店を開店してもその比率が高くなり、日販によってはさらに営業成績の減率があり、前記したように店に四時間以上入り込み再調査を行い、全員の前でその反省を兼ねて発表をすることになる。そして前を向いた仕事ができなくなり、負のスパイラルから、山田の周りには何人もがこれにはまり込んで、無事立ち直った者もいれば、残念ながら職務から去って行った者も何人かいたのである。

仕事が終わり、同僚に誘われて帰りがけに立ち寄った居酒屋で、山田は相手から告げられた。

「もう俺は会社を辞める。これ以上やっていく自信がない。故郷に戻りミカン畑を継ぐつもりだ。お前には世話になった。ありがとう！」

返す言葉もなく黙って聞いていた山田には、この男のこれまで築いてきた実績を知るだけに、残念無念の想いが残った。だが、不振店を開発するということは、加盟者のことや自らの心の負担を考えると、それほどその罪と罰が大きいものだと感じたのである。

6　ROI経営とは

企業の経営指針としていろいろな物差しがあると思うが、山田が入社した一九八〇年頃のマークセブン社では、その一つに投資回収率＝ROI*という指標を置いていた。要は事業を始めるための投資金額が何年で回収できるのかということで、一九九〇年代にはあのバブル景気を迎えたのだが、土地神話が根強くあり、土地は必ず上がるもの、下がることは「絶対ない！」と言われ、山田も取引先銀行の支店長から投資用マンションの購入を勧められたのである。

「山田さん、私が半年前に購入した一千万円のマンションは、いま一千五百万円ですよ」

と嬉しそうな顔で話し、おまけに「確定申告時の損益通算でさらに還付金があるので、こ

郵 便 は が き

料金受取人払郵便

新宿局承認

7553

差出有効期間
2024年1月
31日まで
（切手不要）

160-8791

141

東京都新宿区新宿1－10－1

(株)文芸社

愛読者カード係 行

ふりがな お名前				明治 大正 昭和 平成 年生 歳	
ふりがな ご住所	□□□-□□□□			性別 男・女	
お電話 番 号	（書籍ご注文の際に必要です）	ご職業			
E-mail					
ご購読雑誌（複数可）			ご購読新聞 新聞		
最近読んでおもしろかった本や今後、とりあげてほしいテーマをお教えください。					
ご自分の研究成果や経験、お考え等を出版してみたいというお気持ちはありますか。 ある ない 内容・テーマ（ ）					
現在完成した作品をお持ちですか。 ある ない ジャンル・原稿量（ ）					

書　名			
お買上 書　店	都道　　　　市区 府県　　　　郡	書店名	書店
		ご購入日	年　　月　　日

本書をどこでお知りになりましたか?

1.書店店頭　2.知人にすすめられて　3.インターネット(サイト名　　　　　　)

4.DMハガキ　5.広告、記事を見て(新聞、雑誌名　　　　　　)

上の質問に関連して、ご購入の決め手となったのは?

1.タイトル　2.著者　3.内容　4.カバーデザイン　5.帯

その他ご自由にお書きください。

(　　　　　　　　　　　　　　　　　　　　)

本書についてのご意見、ご感想をお聞かせください。

①内容について

②カバー、タイトル、帯について

弊社Webサイトからもご意見、ご感想をお寄せいただけます。

ご協力ありがとうございました。

※お寄せいただいたご意見、ご感想は新聞広告等で匿名にて使わせていただくことがあります。

※お客様の個人情報は、小社からの連絡のみに使用します。社外に提供することは一切ありません。

■書籍のご注文は、お近くの書店または、ブックサービス(0120-29-9625)、セブンネットショッピング(http://7net.omni7.jp/)にお申し込み下さい。

んな面白いことはない」と続けられ、そこまで言われてその気になり、埼玉県某所のマンションを購入することになったのである。

今は、この損益通算という処理方法はなくなったが、当時は土地の値上がり益、賃料収入による返済負担の軽減、還付金による返還などを目論み、サラリーマンを中心に多くの者が購入し、結果はバブル崩壊の痛みと苦しみを味わった、山田のみならず大勢の方がいたのである。

それほどの上昇を示した不動産であるため、所かまわず土地を取得して、店舗をどんどん開店させた企業も多々あったが、その後の結末は周知の通りなのである。

だがマークセブン社は、鈴村自らが、

「今の世の中は何かおかしい。いずれは大変なことが起こるぞ」と全社員を戒め、いかに投資コストを下げ、いかに投資回転率を上げるかを注視し、店舗は原則リース方式とし、不動産の買い取りは鑑定結果による周辺相場を考慮して、そしてＲＯＩを重視したのである。

「マークセブン社は、金がないから買いたくても土地を買えないのだ」という中傷も流れたが、会社は一向に気にはしなかった。

ある時、埼玉県某市の国道沿いに見通しの良い場所が売却に出されたので、山田は一連の調査を終えて、土地購入の稟議申請を提出した。もちろん上長にも現場の確認をしてもらい、「進行」のお墨付きを得た上のことである。

各部門は問題なく通過したものの、最終、鈴村会長の決裁段階で「否」の判断が下されたのである。

戻ってきた稟議書を見ると、決裁の会長欄には「否」という文字が押印ではなく直筆で書かれており、「なぜ判子《はんこ》ではなくて直筆で否なのか、意味が分からない」と感じながら、山田は上司に問いかけたが、「仕方がないな、諦めるしかない」の返事である。

理由がハッキリしないのでそのことを伝えると、上司は、

「今から鈴村会長のところへ別件の報告で行くから、お前も一緒に来るか」と誘われた。

「ぜひお願いします」と伝えて、否決の稟議書を小脇に抱え、上司と共に会長室に向かった。

会長室に二人で入ると、大テーブルではなく机の前へ座るようにと促され、まずは上司からの一通りの報告が始まり、それが終わると上司が、

「先日稟議申請して、否決の決裁を頂いた稟議書に、担当者が理由をお伺いしたいというものですから同席をさせました」と言って山田の顔を見た。山田は慌てながらも、稟議書を恐る恐る鈴村に差し出し、

「こちらが稟議内容です」と伝えるのが精一杯の状態である。

簡単に目を通してすぐに顔を上げた鈴村は、にこやかな笑みを浮かべながら言った。

「君、コンビニエンスストアーは、投資回収期間が七年以内で終わらないなら、やらない方がいいのだよ、今の計算では十年を超えている。スーパーなどの大型店はもう少し回収期間が長いけど、コンビニは駄目だ。

分かりやすく言えば、七年で回収するには回収率が年間十四パーセントくらいは必要だが、この稟議は十パーセントにも達していない数字じゃないか」

鈴村は続けて、

「商売や事業を経営するなら、常に頭は投資が何年で回収できるかを考えなければいけない。特に不動産が高騰している時は、土地を買うよりは借りた方が投資金額も少なくなるし、同じ投資額で三店舗くらいの出店ができるだろう。いくら売れる店でも、一店舗で三店舗分の売り上げは賄いきれないだろう」と諭したのである。

明快な説明を目の前で聞きながら、山田は何やら、学校の先生が生徒に対して優しく教えるような感覚を覚え、ふと鈴村の顔が教育者に見えてきたのである。

実際に鈴村が幹部会議で、

「幹部とは、自らが答えを出せる人間なのだ」と話し、

「部下も、答えを出せる力を持っているからと思うからこそ、尊敬し指示に従い、仕事に対する情熱を持つことになるのだ」

「ただし、すぐに答えを教えるのではなく、考えさせることが大事なのだ。考えることに

より、新しいやり方に挑戦させ、自分の殻を破り成長させる、言ってみれば学校の先生のようだ」と言っていた言葉と、鈴村自身の母親が教育者であったことを、山田は想い出したのであった。

＊ROI…投資の成功を判断基準とする指標。投資回収率または投資収益率と言う。

7　店舗リース方式には三種類あった

マークセブン社設立当初は、資金がないことも事実であり、投資額を低くするための店舗建物リースのやり方には、三種類あると山田は聞いていた。

敷金方式・保証金償却方式・保証金償還方式の三つであり、山田が店舗開発部に配属された一九八一年当時は、敷金方式が主流であった。

まず敷金方式とは、単純に五〇〇万円の敷金を家主に預け、建物を建ててもらう。本部の投資額は五〇〇万円と店舗内装費と販売用設備費のみで、当時の金額で概算二〇〇〇万円程度。この方式だと、家主がある程度の資金を保有しているか、または金融機関などから資金調達ができることが前提となる。

次に保証金償却方式とは、敷金五〇〇万円と保証金を一五〇〇万円から二〇〇〇万円を預け入れて、家主に店舗や駐車場の建設費に充当してもらう。これだとほぼ家主さんの持ち出しはない。総投資額は、上記の内外装費と販売用設備費を加え、概算四〇〇〇万円から四五〇〇万円程度だが、これも当時の金額である。

三つ目の保証金償還方式とは、上記と全く同額の敷金と保証金を差し入れるが、保証金償却と償還方式の違いは、保証金の扱い方が異なるのである。

保証金償却は、読んで字の如く契約期間十五年間で、均等に毎年保証金を償却していく（一五〇〇÷十五年＝一〇〇万円が償却賃料となり、家主所得として申告）。

保証金償還は、あらかじめ償還分である一〇〇万円を賃料に加えて、毎月一〇〇万円÷十二か月の約八万三〇〇〇円を賃料から返還してもらう。例えば支払賃料が五十万円だと、＋八万三〇〇〇円の五十八万三〇〇〇円を実質賃料とするのである。

いずれもできるだけ投資を抑制するためであり、これは同じグループのスーパーマーケット部門が多店舗展開を始めた時に資金が潤沢ではないので、何とか家主に協力を仰いだ結果、生まれた独特のやり方なのだが、マークセブン社はこのスタイルをコンビニに持ち込んだのである。

スーパーマーケットのように大きい店舗と広い駐車場を考えると、その投資額は最低でも二十億円から何十億円となり、その資金は家主さんが収支計画を金融機関に説明を行い、借り入れをし受け取る賃料からその返済をしていたのである。

家主にとってもこれは大きな決断であったし、会社も大きな責任を伴うため、当初の開発物件には鈴村会長も開発責任者と共に、たびたび家主さんを訪問しお願いをしたと聞いている。

いくら接客がよくて、商品が抜きんでていても、まずは販売する店舗がないことには小売り商売は成り立たないのである。

チェーン店であればなおさらで、企業の創業期は、人も金も物も集まらない時であり、トップ自らがこのような努力をしたからこそ、今日があると山田は感じるのである。

第４章　現場での実践（人と人との関わり合い）

1　初契約でお百度を踏む

山田は一九八〇年に中途入社をして、半年の店勤務を経て担保開発部の辞令を拝命し、翌年からが開発マン人生の始まりとなった。

特に一九八〇年はマークセブン社にとって記念すべき年であり、店舗数で一〇〇〇店を超えた年なのである。

最初の配属先は埼玉県の県西部で、朝霞市、和光市、川越市、坂戸市、東松山市といったエリアであった。

最初に契約をしたのは、川越市の国道十六号線と、JR南古谷駅からの道路が交差した角地にあった食料品店であった。実はこの店を契約する前に、反対側角地に酒屋があり、敷地も二百坪くらい、駐車場も広く確保できるベストロケーションの場所があった。

山田は慣れない飛び込み訪問を数十回試みたが、結果は加盟断念ということになった。経緯は、訪問後主人と挨拶を交わし、息子が一緒に商売をしているということも分かった。ただ、当時はまだ酒屋に勢いがあり、その店も配達が主力であったが、年商で約八千万円を超えていた。二十パーセントの粗利益率としても年間一千六百万円の収益である。

もちろん経費も掛かるが、当時の商いとしては十分といえる利益なのだ。「これだけあれば、息子も変に就職するよりは、店を継いだ方が得策なのだな」と山田は考えた。

今でこそ酒販免許は申請でわりと簡単に取得できるが、当時は個人に対する資格や財務条件も厳しく、誰にでも簡単に販売できるわけではなく、完全に免許制度に守られていた商売なのだ。言ってみれば新規参入が難しいという反面、商売としては競合の進出に対しては恐れることが少ない商売とも言えたのである。

さて訪問を重ねても、世間話はするものの、肝心のコンビニの話となると、「大変そうだね！　うちはやらないよ、勘弁して……」の繰り返しであり、質問さえ出てこないのが気にかかった。「本当にやる気はないな」と、頭の中で呟《つぶや》く。

その酒屋と道を挟んだ角地に食料品店があり、そこではタバコを販売していた。タバコの販売額は一日十万円以上売れるようで、当時コンビニでは酒の販売額が月に平均八万円くらいあり、タバコは逆に三万円程度と少なかった。よって酒屋をターゲットにせよというのが店舗開発者の合言葉であり、酒屋、米屋、パン屋、個人スーパーなどが主な訪問先だったのである。

何度訪問してもらちが明かない酒屋を諦めて、そのはす向かいの食料品店にターゲットを移すこととし、訪問をしたのである。

五十代後半とみられる奥さんに挨拶をしたが、隣にいる主人に「マークさんが来たよ」と伝えるのを見て、山田には感触は悪くないという印象が残った。

それからこの店へのアプローチが始まり、週に三回くらいは訪問を続け、かなり世間話を夫婦と交わせるようになったが、それより前には話がなかなか進まないのである。

「コンビニのお店……本当にここでやって売れるの？」

素朴な疑問が出たので、ここがチャンスと、山田は継続してその店を中心に立地調査を開始した。立地調査マニュアルに基づいて、候補地の前面の人の交通量や車の交通量、半径五百メートル範囲内の世帯数や人口、年齢比率などである。

これを基に、主人や奥さんに質問を試みた。

「なぜご自分のお店が売れないと思いますか？　本当は今以上に売れるチャンスがあるのがこのお店です」

「現在、お店に一日何人のお客様が来られていますか？」「客単価はどのくらいですか？」「お店の前を一日何台の車が通過するかご存じですか？」「夜の八時に店の前を何人くらいの人が歩いていますか？」「半径五百メートル内に、何人くらいの人が住んでいるか知っていますか？」等々、答えはほとんど「ノー」である。

そんなことを調べて商売をしている店主は、まずはいないのが当時であり、大半の店は朝の九時か十時頃に開店し、夜は六時か七時頃には閉店するということの繰り返しであった。それで商売として成り立っていた時代だったのである。

「私は調査をした上で、このお店にお伺いをしています。もっと詳しい話を聞きたいと思いませんか？　そのための時間をくれませんか！」と、山田は言葉を繰り返した。店舗開発担当者は、まずは調査マンなのだ。

これも、鈴村会長がＳＶ会議で言われた言葉なのである。

２　約束を取り続けるのが仕事

営業マンに共通することは、忙しいふりをする演技も必要であるし、当時の上司もよくそんな話をしていたので、山田は次のアポがなくても、

「このあとに約束がありますので、ここで失礼をします」と言って退去した。

そんな営業マンに、逆に相手は信頼を寄せてくるのかもしれない。

「次がありますから、また明日の昼前に伺います」と言って店を失礼する。たいがい相手は、「別にそんなに続けて来なくてもいいから」と言うが、お構いなしで訪問を重ねるのである。

そんなこんなで、その夫婦とやっと日時の約束を決めて、自宅へ伺うこととなった。

自宅は別場所にあり、南古谷駅の近くでタバコと少しの食料品や日用品を販売しており、その一階の小さなお店の奥に居間があった。奥さんに案内してもらい主人が顔を見せ、そして息子さん夫婦が出てきたのである。

山田は考えてもいなかったので一瞬驚いたが、若夫婦は共に車椅子に乗っていたのである。

何度も加盟を誘い意思の確認をしたのに、はっきりとした返事が返って来ない理由が、ここで分かった。コンビニのビジネスをこの若夫婦に勧めることが、本当に良いことなのかと、この時山田は考えた。

答えは主人の言葉から出た。

「今日お呼びして私たち家族の実状を見ていただいた。山田さんの熱意は分かりましたが、しかし私たち夫婦ではもう年齢的に経営は難しいと思う。若夫婦も見ての通りだから、マークセブン社で店を借りるということはできないのですか？」

山田の頭の中はぐるぐると回っていた。

住宅が集まる駅周辺や、荒川沿いにはマンションが建設されたばかりの、これから発展していくこの場所に、マークセブンの灯がともる……そんな光景をぜひ実現したい。そういう思いを重ねながら、これまで訪問を重ねてきたのである。

そんなわけでその日は、店を本部が借りることを前提に、次回のアポを取り付けた。

相手の思いは理解したので、あとは賃貸借に関する話をすれば、割合早くに話が纏まるものと山田は思った。その日以降からは、賃貸契約書の説明を主体に話を進めることとしたのである。

所有している土地の上に店舗を建てて、それを貸すというリース・バック方式だが、貸主が負担する本体部分は、建設協力金として会社が負担する、いわばお金を用意しなくても建物が建つ提案を試みた。お金の心配がなくて、しかも家賃が入ってくる。いい提案ではないかとの思いで説明をしたが、しかし、主人からは、

「こんな上手《うま》い話はない、裏がありそうだ」と言われ、

「営業不振で途中で閉店して出て行くことはないか？　その時は自分たちで店をやらなければならなくなるのか？」

また、「閉店した時に返さなければいけない金額はいくらなのか？」「家賃の振り込みが遅れた時はどうなるのか？」「最初の家賃が年々下がることはないのか？」

果ては、契約前から「二十年後の契約更新を約束してくれるのか？」と言えば、「家主が店を使いたい時にはすぐに会社は立ち退いてくれるのか？」と言うなど、矛盾する質問も含めて、次々と主人の口から湧き出してきた。

山田にとっても初めてのことで、汗をかきかき一つ一つの質問に答えていったが、分からない質問には、その場で店の中にある公衆電話から会社に連絡を入れ、法務や経理部の

担当者に聞いて答えを伝えた。

そんなことを十数回続けたある日、やっと「契約をしましょう」という段階まで進んできたのである。

契約日は晴れた日曜だったが、当時の上司からも前日に、

「初契約だからな、明日は頑張って行ってこい！」と言われ、緊張した面持ちで向かうこととなる。

いつものように居間に通され、中に入ると、中年男性が独り座っているではないか。

主人から、「店の顧問弁護士先生です」と紹介される。

「私たちだけで、今日まで山田さんの説明を聞いて理解をしていたが、今一度弁護士先生も交えて説明を聞かせてください」というものである。

十分にあり得ることであり、製本したばかりの真新しい契約書を弁護士の前に出して、契約条文を一つずつ説明していく。さすがに弁護士で、大きな観点からは相違点はないが、細かい言い回しや、契約条文の数か所の手直しを要求されて、今日の契約は会社に持ち帰り、検討後の後日ということになったのである。

その後、何回かの訪問を繰り返し、弁護士と話し合いを重ねて条文の手直しを行い、再び契約日の設定をしたのである。上司も最初はそんなこともあるだろうと予想していたようで、「今度は必ず契約をしてこい」という叱咤激励を後に、再度の日曜日を迎えた。

そして、今日は晴れての契約ということで、自宅の居間に再び上がるが、前回と異なる別の人物が座っているではないか。

主人いわく、

「今日同席させていただくのは、店の顧問税理士さんです」

山田の口から思わず、「弁護士のあとは、今度は税理士先生かよ」と言い出すのを堪《こら》えながら、「よろしくお願いします」と頭を下げたのである。

3　継続は力なり

契約にあたり税理士にも説明をということなので、問題がなければ契約の調印をする気はありそうで、前回同様に契約書を読み合わせればそれで終わりだろうと、そんな思いで条文を読み始める。

前回の弁護士とは違い、税理士だから会計上の観点からの質問が飛んでくる。説明に多少の自信のあった山田も、会計処理の細かい問題までは分からないので、徐々に頭の中が白くなってくる。

相手は税務に関する専門家、こちらは商売に関する専門家、と自分に言い聞かせつつ話を進ませるが、そうは言っても練りに練った契約書であり、基本的な相違はないが、前回同様に会計用語の微妙な言い回しの修正を求められ、結局その日もまた契約には至らずに終わったのである。

山田が会社に戻り報告すると、上司は目をつり上げカンカンで、汗を拭きながら事情の説明はするが、聞く耳は持たないようで、さんざん嫌みを言われるのを耐えて聞いていた。

しばらくすると上司の怒りもおさまり、契約条文も関連部門と協議し解決したところで、三度目の正直で次回の契約日を設定したのである。

法務部長からは、

「お前の説明の仕方にも問題はあるだろうが、契約だから譲るところもあれば、譲れない部分もある。無理をしてまで契約をしても、あとになって問題が起こることもあるからそれはやめた方がいい」などとありがたいアドバイスも頂くことになる。

しかし、ここまで来たし、

「大きな問題は解決しており、少なくとも相手方は契約に前向きだから、弁護士、税理士を交えて専門家の意見を聞いてくれ、と言っているのです」と説明を加えた。

契約日は同様に日曜日だったが、上司は心配なのと山田の仕事ぶりに不安もあってか、「俺も一緒に行くからな」と言い、同行での訪問となった。この店に対する訪問回数は恐らく九十回を超えていたかと思い起こしながら、でも上司の同行があるため一種の安堵《あんど》感もあり、車を駐車場に置いて二人並んで訪問したのである。

例によって例の如く、居間に座り挨拶を交わし、山田が周囲を見回すと、どうやら今日はご夫妻と若夫婦の四人だけのようである。しかし、挨拶が済むや否や、奥から年配の男性が現れたのだ。山田は、「今度は何者だ？」と怪訝《けげん》な表情をする。

主人が、「何度も足を運ばせて申し訳ないです。今日は契約にあたり最後に親戚の叔父ですが、不動産を貸している経験者です。立会人として話をさせてもらいたいのです」と切り出したのである。

上司は少し驚いたような顔をしたが、

「ぜひとも最後の話を皆さん一緒に聞いていただいて、こちら様と当社の関係が末永くなるようによろしくお願いします」と発言すると、

「本日の契約を崩そうとは思っていません」と、親戚の叔父が口を開く。

「今までの経緯は聞いております。何度も足を運ばせて大変申し訳ないと思っています。ただ、お分かりのように若い二人に次の財産を継承させてやるにしても、親としての心配があります。ましてや体に障害がある以上、失礼ながら騙《だま》されないか、内容は本当に大丈夫なのか？　今まで不動産を貸したこともなければ、借りたこともないわけですから、多少の経験のある私に最初に相談がありました。

今日は私も同席させていただき、契約書の読み合わせをしていただければ、間違いなく

契約をしますのでよろしくお願いします」

山田は、この言葉に多少安心したのか、汗が引いていくのが自分で分かった。

上司も、「では、私から説明をさせていただきます」と、自ら条文の説明を始めた。

弁護士、税理士諸先生も加わり何度も話し合いを続けた契約書なのだ。いくつか質問はあったが、反対はなかった。

最後の条文説明が終了すると、叔父は主人に向かって、

「立会人として問題はない契約です。あとはあなたたちが決断して、契約するのかどうするかを決めるだけです。私はこれで帰るから失礼する」と言って家を後にしたのである。

それから契約書に、無事に署名と押印をもらうことになった。

九十八回目の訪問であった。山田の店舗開発マン人生としての初契約はこれにて終了し、併せて新たなスタートを切ったのである。

駐車場に止めた車の中に乗り込むと、上司が、

「おめでとう！　長くかかったけどご苦労さん」と言いながら、固い握手を交わした手の感触を、山田は今でも覚えているのである。

日本でのフランチャイズビジネスは、ここ数十年来、あらゆる業種への拡大定着をしつつあり、契約内容を含めて当事者同士も知識が深まってきている。

山田の初契約における貴重な体験であったが、先輩諸氏の話を聞いても、最初にこうし

た経験をするのか、後にするのかは別にしても、いずれ避けては通れない道であると思った。

ハードルが高いほど、それを越えれば次のハードルは楽になり、何事も経験に勝る師匠はないという。その時にどう対応するのか、学ぶのか、頑張るのか、諦めないかが、自らのビジネス人生を成功に結びつけるかどうかにかかってくるものだとつくづく感じたのである。

第5章　「チームで店をつくる!」

1　山形への進出・店舗開発の仕事とは

コンビニのオーナー探しをする仕事は、会社対会社ではなく会社対個人が多いため、その仕事の仕方は独特のものがあり、日本では初めてではないかと山田は思った。

ハンバーガーやカフェショップチェーンなどは、ほとんどが法人のオーナーであり、企業向けの説明会の開催や、問い合わせの対応などが主体であると聞いていた。

コンビニもビジネスなのだが、別の言い方として、「商売」に共感・共鳴していただき、五十坪足らずの売り場で、地域のあまねくお客様に利便性を提供し、そのための看板を守っていただくにふさわしい加盟者を探し歩く仕事なのだ。

平たく言えば、心と体をまず使い、次に頭を使うものと山田は解釈した。

「フランチャイザー」である本部と、「フランチャイジー」であるオーナーがいなくてはこのビジネスは始まらないので、いかにオーナーを加盟に導くのかが店舗開発者の仕事なのである。

それには自ら候補者を訪ね歩くことが原則で、加盟を申し込んできても簡単には受け付けない。ここにこのビジネスを守る厳しさと拘《こだわ》りがあり、それがマークセブン社の気質と社風でもあった。

最近では小売業者の淘汰《とうた》が言われて久しくなり、酒屋、米屋、パン屋、食料品店といったいわゆる業種が少なくなり、地方に行けば、まだその場所でコンビニとして成り立つ立地で商売をしている酒店などもあるが、首都圏や中心部ではほとんど見当たらないのである。

しからばオーナーのなり手はいないのか。そんなことはなく、今の商売立地が悪くとも、頑張って配達やご用聞きに精を出している商店主はたくさんいる。

しかし、できたら人通りや車が多く通る場所で商売をしてみたいと考える方々が大半である。と言っても、店舗を貸してくれる家主も分からないし、家主も見ず知らずの人には貸してはくれないし、それに家賃もかかる。貸してくれたけれど商売が上手くいかず、辞めるとも簡単には言えず、もやもやしながら商売を続けている、そんな状態の方も大勢いるのである。

それを探し出すには、自らが酒屋などの看板を上げている店に出向いてみるか、問屋や付き合いのある銀行などから聞いてみるしかないが、最近は個人情報の取り扱い問題や説明責任も生じるので、情報源は自らが動かないとなかなか入らないと考えるべきである。

山田に山形県への異動発令が出たのは、店舗開発部に配属され埼玉を振り出しに群馬、東京、京都、大阪、そして岡山を経てから、十五年以上が経過していた。

山田は寒い場所と雪道運転が苦手で、山形と聞いて思わず身震いが出たが、サラリーマンは辞令一本で日本全国へ異動しないといけないのである。

その山形に地区責任者のマネジャーとして赴任し、新規出店した時のことである。

ある酒屋から加盟希望の話が、問屋を通じてあった。担当者と一緒に出かけて場所を見てみるが、住宅街の中に入り込んだ場所で、商圏的には難しい場所にあった。

それにコンビニに必要な店舗面積も欠けており、周辺の状況を何回か見て回ってから、ここで開店するのは難しいと担当者に伝えたのである。

彼は山田の顔色をうかがいながら、

「私からというか、会社として長い取引のあるお店なので、正直、お断りするのはしんどいです。ご夫婦のがっかりする顔はあまり拝見したくないのが、正直な気持ちです」

と、重い口を開いたので、山田は、

「大丈夫ですよ、私から伝えますから、連れて行ってください」

「出店はできない」の結論を持って、担当者と一緒に後日店を訪ねた。

店の経営者は、四十代の真面目そうな夫婦であった。最初に主人が名刺を出したが、話の主体者はほとんどが奥さんである。この手の商談は奥さんが関心を示していれば、話はそれほど複雑ではなく、大概は主人がコンビニに転換をしたいと考え興味を示すが、奥さんに猛反対され、それを説得するまで通い詰めるのが、今までのパターンであった。

奥さんが興味を示すならば、納得するように話を進めればよいが、今回は立地上に問題があり、加盟することにはお断りの話から入ったのである。

2　マクロの話はミクロで、その逆もあり

夫妻には、現在の場所では店売りが伸びないことを、周辺の商圏事情を踏まえ、問屋の手間もあり慎重に説明を加えていく。自分の商売をしている所が、たとえ店売りを伸ばすだけの立地ではないと分かっていても、赤の他人に否定をされるのは気持ちの良いものではない。でも、事実は述べなければならず、今回はそれがかえって信頼を得ることになったのである。

山田は説明手順として、最初に店の商圏調査をした住宅地図を広げ、店の商圏として考えられるエリアと、その中にいる世帯数や商圏人口、年齢構成、住人の買い物先や通勤と通学動線などを説明した。また、コンビニに改装をした場合のレイアウト図面も広げて、店の物理的な広さから必要なゴンドラ尺数が取れないことと、それにより豊富な商品構成ができないこと、結果的に周辺顧客にどれだけの失望感を与えることになるのかを、滔々《とうとう》と話したのである。

一通り説明が済んだところで、山田は、

「結論として、この場所でお店を出しても採算にはのらないのです」と話し終えると、主人は顔を下げたまま無言である。

重い空気が辺りを覆うが、奥さんからやや間を置いて、

「実は自分でも、本当にこの場所でできるのか疑問があったのです。今回きちんと説明をしてもらってよく分かりました。正直に言っていただき感謝しています。

実は他のコンビニ本部からは、この場所で十分に商売としてやっていけるということを聞きました。今日マークセブンさんからも大丈夫ですと言われたら、加盟をする気持ちでいたのですが、ここでは無理だということも分かりました」

山田には少し罪悪感も残ったが、この夫婦ならば地域のお客さんをしっかりつかみ、時代の変遷はあるもののそれなりの商売はやり続けられると思った。

「貴重なお時間を割いていただきありがとうございます」と、礼を述べて帰りかけたところで、奥さんが再び話し始め、

「何としてもお店を経営したくなりました。どこかに適当な場所はありませんか」

意外な言葉ながら、山田の心には嬉しく響く話であり、マークセブンの看板はこの夫婦ならば任せられる、山形市内での開店を彼ら夫婦に任せてみよう、他の酒屋をはじめ小売業者の方々にもインパクトがあるに違いない。山田はそう感じながらお店を後にしたので

ある。

＊ゴンドラ…お客様が自由に商品を手に取りながら見られる、売り場の陳列棚のこと。

3　売れる店をチームでつくる

それから場所探しが始まり、出店場所は「情報地図方式」という形で、最初に立地調査を行った段階で、この場所ならば適地であると、それぞれ候補地として決めていくのである。

次に、決めた場所を一件ごとに、しらみつぶしに訪問していくのである。売り上げの高い店を確保することが、課せられた使命でもあり、コンビニの適地を調査段階で決めていくということは、店舗開発員は、本来調査マンであるとともに、立地の創造者でもあるのだ。アメリカでは「サイト・セレクター」という呼称のもと、立地選定力を持ったプロが、その責任において場所を選んでいるという、いわゆる専門職である。

したがって任命を受けたならば、自分の営業テリトリー内を時間をかけて探索してみることから始め、エリアの大きさによって違うが、三か月くらいかけて朝、昼、晩、深夜の状態を、主要な駅などを核に調査する。通勤時はどちらに人の流れが向かうのか、通学ではどうか、買い物はどこへ行くのか、住人たちの年齢は、平均世帯者数は何人か、イベントや習慣は何かなど、要はドブ板一枚や獣道《けものみち》までをも把握することが必要なのだ。

　これにはウイークデーや土・日を含めて行うことが必要で、調査マニュアルに基づき項目ごとの立地調査を実施し、この場所なら売れるという仮説を立て、調査により裏づけをとる。そして開店をした後でそれが正しかったのかを検証をしていくことが重要である。

　この手順で、すでに出来上がった候補地リストに基づいて、その酒屋に近い場所から三つないし四つの候補地を選ぶ。次に現地に行き、再度店舗として一番の適地はどこかを、優先順位を決めながら進めていくのである。

　あとはいよいよ地主への訪問開始である。

　幸い地元なので、地主の場所は夫婦に聞けば分かったから、訪問することを伝えると、意外にも主人が自分も一緒に行きたいと言う。今まではあまり喋《しゃべ》らなかった無口な主人からの発言で驚いたものの、その熱心さに山田は心を打たれた。

　実は優先順位の高い一番立地の場所は、問屋や銀行筋から情報が入り、相続問題などがあって今すぐには動かないと聞いていた。

　そこで作戦会議を行うために、チームを作ったのである。関係者には夫婦も加わり十人ほどであり、山田は冒頭に挨拶を述べると、一番立地の状況を問屋と銀行から話してもらい、皆で情報共有し、自らも訪問した内容を伝えた。

そこで次の訪問先をどうするかであるが、主人から、二番立地の場所ならば地主を知っているので、訪問はできるという提案があった。その場所は、角地ではないという条件を除けば敷地も広く、間口も十分あり、駐車場も確保でき、酒とたばこの免許移転も主人自ら調べ、「ここならば問題なく移転ができます」と報告がされた。

ここまでくると本物であり、店舗開発の仕事は主人に任せたい気持ちである。

これで場所が確定し、訪問日を迎えたのである。

地主の自宅は、敷地が広く大きく立派な家で、門から玄関へと続く長いアプローチの両側には、季節の花がこぼれるまでに咲き誇っている。温厚な地主との話は進み、また夫婦のこともよく知っており、大きな障害と時間を要さず無事に契約への道を進んだのである。

一九九九年の夏の盛りに、マークセブン山形第一号店は開店した。もちろん、予想以上の多くのお客様を迎えてのスタートであった。

その後、夫婦は十五年のフランチャイズ契約を更新され、次の十五年へと向かった。ただ、惜しくも主人が病魔に倒れ、帰らぬ人となり、気丈な奥様が主人のあとを取り、無念の気持ちを抱きながらオーナーとして経営をしたが、数年後の契約期間の区切りをもって閉店することになったのである。

今は、別の場所で新しい店が、新しいオーナーを迎えて開店していると聞く。

第6章　社内と社外を巻き込んで仕事をする

1　タイム・イズ・マネー

二〇一三年三月二日は、マークセブン社が初めて四国の地を踏んだ年である。

香川県八、徳島県六の合計一四店舗の同時開店で華々しくスタートが切れたのは、社内・外を問わず、関係者の理解と協力があっての今日だったと山田は記憶する。

四国への初出店には、それまでにいろいろと話は出ていたが、会社の基本的な考え方であるドミナント戦略が、海を隔てた島国・四国への進出を拒んでいた。

出店の際に挨拶に伺った某県知事が、

「四国には大手自動車会社の工場はあるし、飲食チェーンもあるが、コーヒーショップのスターラインと、コンビニのマークセブンが一店もないのが、田舎だと言われる所以だ」

と述べたのが今でも耳に残っている。

遡ること三年前のある日、出店関係者と経営幹部が集まり、四代目社長の猪坂が口を開く。

「四国への出店を考えたいのだが、皆さんの意見を聞かせてください」

二〇〇九年に北陸への出店を果たしていたので、あとは四国と沖縄を残すのみとなった。ここから選択するとすれば四国しかないのでは、と山田が考えていた通り決定はしたが、ここで猪坂から指示が出た。

「四国はすでに他社が多数開店しているので、これにインパクトを与えるには、時はまさに今なので、全社をあげて取り組んでもらいたい。そして今回はタイム・イズ・マネーで、時間をかけないで短期に大量集中出店をしたい。そこでその施策をここにいる全員で考えてほしい」

この日の会議はこれで終わったのである。

短期大量出店という言葉は、今まで会社にはない考え方であった。

というのも、マークセブン社には原則があり、それは一つに、フランチャイズタイプの優先的獲得。二つに、契約は個人を原則とする。そして三つに、複数店舗の経営は実績を見てから判断する、ということである。

山田は、単純に考えて実際に実行するには、一店舗ごとの契約のスピードを上げていき、一〇〇店舗の開店目標ならば、一〇〇の契約と加盟者の獲得が必要であり、少なくとも初年度から次年度末までの一年間に、その開店数を確保するということになると考えた。

これは、大きな壁が目の前に立ちはだかったことと同様であるが、その後、社内的にいくつもの紆余曲折《うよきょくせつ》を経ながら、最終的に会社としては初めての大きな決断をして、開店へと向かうのである。

2　社内コンフリクト

マークセブン社の大きな決断とは、エリアを限定した複数店舗を有するフランチャイジーとの契約を締結したことで、四国限定とはいえ、今までのスキームとは全く違う、大きな決断だった。

それは、四国では大手チェーンであるセカンドミルク社とスリーファミリー社が、すでに地元企業とエリアフランチャイズ契約を結び、展開をしている特異市場であったことである。もちろん、個人事業主からの加盟もあるが、店舗数では少数であった。

細かい数字はともかく、大手二社と地元二社の計四社が、当時いずれも店舗数でそれぞれ一〇〇店前後の店舗数を持つ規模となっていた。

これに食品スーパーを加えると、マークセブン社が参入しなくとも、市場は一見満杯状態なのである。

山田は事前の視察とマーケット調査のために、役員と共に幾度となく県内を巡るが、ここぞという場所にはすでに何らかのコンビニがあり、まだ出店可能と言える立地は数えるほどであった。各スーパーも大型から小型店まで、長時間営業と独自のカード会員募集に積極的に取り組み、顧客の囲い込みをしていたのである。

いくつかの地元有力スーパーは、接客、品揃え、鮮度、店舗レイアウトなども巧みで、いわゆる劇場型店舗をつくり、売り場がハッキリと分かりやすく、見て、選んで、買って良かったという店づくりなのである。

四方を海に囲まれ、かたや瀬戸内海、かたや太平洋と、魚から農産物までもが豊富であり、住みやすい土地柄だと山田には感じられた。

だが感心していても始まらず、地元金融機関、問屋、有力企業などをくまなく順次訪問・面談をしながら糸口をつかんでいったのである。

ある日、出張から東京へ戻ると、猪坂社長にすぐ部屋に来るよう呼ばれた。

「コンビニのサンライズを多店舗展開している、四国商事という地元企業がある」と言われ、資料を見せながら、

「私はすでにその会社を紹介してくれた萩本社長とは数度会っているが、肝心の四国商事さんとは未だ会っていないし、挨拶も交わしていない。そこで山田さん、この企業の社長と会って交渉をしてください」という指示であった。

山田は言われた通りに四国商事の鍋谷社長と会い、その後十数回の面談を重ねながら、マークセブン社への取り組み交渉を行ったのである。

四国商事は地元四国では名門企業であり、グループ企業には鉄道会社を中心に、大手自

動車メーカーの販売会社、一二〇店舗のコンビニ運営、駅ビル所有と管理、ゴルフ場の経営など複数企業を有していた。鍋谷社長は三代目の社長で、年齢も四十代の活力あふれる青年実業家であった。マークセブン社として取り組む相手として、何ら不足はないのである。

その後、四国商事の部長を交渉窓口として、約一年にわたる紆余曲折を経て、結果、運営中のサンライズ社との更新契約を終了し、その後マークセブン社と四国商事との法人複数店契約を新たに締結することになったのである。

これは、一定地域を独占的に任せるエリアフランチャイズ契約とは異なり、エリアは四国の範囲内で、四国商事は複数店舗を展開できるという契約内容である。そして、マークセブン社と直接フランチャイズ契約を締結したい加盟者は、別途検討可能とする二本立ての組み立てとした。

マークセブン社としては、第一に酒屋、食料品店などからの個人加盟者を優先とし、中小小売商との共存共栄を基本に置いたのである。

このプロジェクトでは、猪坂からダイレクトに指示を受け、仕事の進め方やマネジメントの指導を受けて、山田の中では貴重な経験となった。

何せ、あの鈴村会長から厳しい薫陶を受けた、今日のマークセブン社の四代目社長なのである。

次に、山田なりに猪坂から学んだことを回顧してみる。

３　社長から直接学ぶ

この四国への出店の経緯を経て、その間、紆余曲折は多々あったが、山田にとって猪坂社長から受けた仕事のやり方は特別なものであり、人となりを新たに感じたものであった。いくつか思い起こすと、一つは礼儀正しくソフトであるが短気でもあり、山田とは一九八〇年の同期入社となるが、山田は中途であり、猪坂は新卒入社である。

マークセブン社には資格制度が設けられ、実績と上司の推薦で資格が上がっていくのであるが、社員としての資格は参事までであり、これ以上は役員となるのである。

この参事資格までは二人揃って同時期に、年齢こそ異なるが、鈴村からじかに会長室で昇格通知を手渡されたのであった。

山田にはそういう経緯もあり、猪坂には親しみを感じていたが、その後の勢いは桁違いであり、猪坂は瞬く間に役員に就任し、常務、専務、そして社長という階段を上り続けたのである。

こうなると親しみよりも敬意を払わねばならず、社長から部屋に来るよう秘書に呼ばれると、多少の緊張感は隠せない。しかしノックして部屋に入ると、笑顔を見せながら社長自ら椅子から立ち上がり、「ご苦労さまです」と挨拶しながら迎え入れてくれるのである。

これは山田のみならず、誰が訪れても同様と聞き、社長への尊敬の念が一層厚くなる。

語りはソフトでありスマイルも絶やさないが、質問は鋭く切り込んでくるし、結論は素早く述べるので、咀嚼《そしゃく》して理解をしないといけないが、山田が理解不足の顔をしていると、猪坂から「よろしいですか?」と告げられ、「ではお願いします」で席を立ち上がるのである。

もう少し細かく説明はないのかと思いつつ、同時に「社長は短気なのか?」と感じ、同僚や上司に聞いた際の返事は、一様に「短気なんてものじゃない」と返ってきた。

二つ目はスピードを重視するが、これはなにも猪坂に限ったことではなく、マークセブン社の持つ体質でもあり、多分一般の会社の仕事の仕方とは、三倍から五倍のスピード差があると思われる。他社に転職した者に聞くと、

「マークセブン社は何事も早かったが、今いる会社はそういう意味では楽になった」との言葉をよく聞く。

ある日、猪坂からの指示を社長室で受け、部屋を出ていったん自席に戻りかけたが、ちょうど相談先の担当部長がいたので、これ幸いと今受けた社長からの指示事項をもとに話し始めたのである。事前連絡もなく席前に立ったので、部長は怪訝そうな顔をしながら

も話に応じたが、程なく猪坂が部署先に姿を現し、商品本部長と言葉を交わし始め、時折二人でこちらを見ながら互いに頷《うなず》き合っている。

あとで本部長に確認すると、猪坂の指示された事項を自ら本部長にも確認したようで、間一髪、担当部長と私が話をしていたので、

「『すでに連携して、今打ち合わせ中です』と伝えておいたから」と聞かされ、ホッと胸をなで下ろしたのだった。

猪坂は、特に気になる事柄については、自ら社長室を出て部署に出向くか、秘書を通さず直接電話をかけて確認するのが日常である。これにより、とりもなおさず社員全体にスピード感が身に付くことになる。

三つ目は、ダイレクト・マネジメント。鈴村が最も重視することでもあるが、猪坂も同様である。もともと小売業はマネジメント組織が簡素化しているのが特徴だが、その時は特にプロジェクトの関係もあり、猪坂からダイレクトに連絡が来ることもたびたびであった。山田の当時の階層からすると、社長の指示は、副社長、本部長、そして自分に連絡や報告が下りてくるのが普通だが、お構いなしである。

ある時、副社長に同行していた時のこと、社長から携帯に連絡が入ったので、当然の如く話し口調も堅くなりながら応対していたが、終わると副社長から、

「山田さん、今の電話は社長から？　凄いね、直接に連絡来るの？　俺なんか社長の携帯

番号知らないよ」と言われた。冗談だとは思うが。

ある時は、常務と一緒に社長室で報告をしていると、突然社長が、

「そうそう、この件、常務にはまだ言ってないけど、彼には先に伝えてあるのであしからずご承知おきください」と言われ、終了後部屋を出て立ち話で常務から、

「本件は社長の指示で直接動いて構わないから」と言われ、どうしたものかと複雑な気持ちになった。

4 単身で乗り込む社長！

そんな猪坂社長だが、山田はある日、昼間の仕事が終わり、その日の夜、昔の先輩と知り合いの店で杯を傾けていた時のこと。ふと気づくと、何回か猪坂からの着信履歴があるではないか。加えて役員秘書からもメッセージが入り、「至急連絡をください」とある。

酔いの盛り上がりも冷め、すぐ猪坂に電話を入れると、

「お疲れさまです。実は四国の件だけど、四国商事にセカンドミルク社が有利な提案をしており、このままだと当社とは破談になるかもしれない。絶対阻止するので、鍋谷社長と面談の段取りをしてもらいたい。ただし、私一人で話しに行くから、これまでの経緯と対

応を詳しく聞かせてほしい」と言われたのである。

　山田は先輩に何度も頭を下げつつ店をあとにし、落ち着いて話のできる場所を探して電話を再開した。

「四国へは明後日の日曜に自分一人で出向くので、先方と連絡をとってもらいたい」と再度社長の言葉が続き、

「現在の四国商事は、何を希望しているのか、また我々はどのような提案をしているのか、それらの対応策は何ですか？」と、矢継ぎ早の質問攻めとなる。さらに契約内容にまで踏み込んだ確認で、ほぼ六十分くらいの長電話となった。

　社長が交渉事に自ら出陣してくれるのは、部下としては心強いものがあるが、単身で乗り込むことには山田は反対で、

「道案内を兼ねて運転は私がやります」と何度も伝えるが、頑として聞く耳は持たないのである。

　その場は電話を切り、すぐに副社長に連絡を入れて相談すると、

「不慣れな場所に社長一人で、運転手もいなくて行かせられないよ。俺から社長に連絡して説得するからいいよ」と、叱責半分と副社長のあきれ顔が受話器の向こう側に浮かんできた。

　だが結果は、社長が単身で乗り込んだのである。

そして当日のこと、今頃無事に着いたかなと心配しながらも、日曜なのでノンビリしていると、猪坂からの電話である。

「今、面会場所のホテルにいるのだが、これから鍋谷社長と面談して食事をする予定だから、もう少し聞きたいことがある」と言うので、電話を介してお互いに契約書案を見ながらやり取りを行ったが、かなり緊密・仔細《しさい》に内容を詰めたところで、

「十一時からが約束時間なので、これから会ってくる」と告げられ、電話は切れた。

そして夕方、商談は無事に進んだのかと思いつつ、翌日の月曜に会社で結論を聞くことになるだろうと思っていたところに、また電話である。

「山田さん、鍋谷社長とはこういう内容でほぼ合意した。明日にでも法務部と細かく打ち合わせしてください」と言い、それまでの仔細な経過説明が始まったのだった。

こうして日曜は、猪坂からの電話対応に終日追われたが、不思議と山田には爽快感が残ったのである。

四国商事との長い時間を要した契約も無事に締結し、双方の経営トップや関係者が集まり、マークセブン社本部で開店に向けてのキックオフ会議も開催された。

「本日は皆様ご多忙のところを、第一回香川・徳島出店合同会議にご参集いただき、誠にありがとうございます。最初にマークセブン社社長の猪坂よりご挨拶を申し上げます」

猪坂が静かに立ち上がり話し始めるのを、山田は誇らしげに聞きながら、今日までの出

来事が頭の中を廻りだしたのである。

このプロジェクトも最後の仕上げに向かっていたある日、社長室でこれまでの話をしていると、

「山田さん、各打ち合わせや会議内容は事細かく記録して、経過報告書として作成してください」

納得顔で猪坂を見上げると、彼は、

「このプロジェクトは、今までの当社の基本からは外れているが、役員会での承認も経ています。しかし、時が過ぎて我々がいなくなれば、誰かにこれはおかしいと言われないとも限らない。そのためにもこれまでの記録を残してください。お願いします」と頭を下げたのである。

現在も猪坂は、代表取締役として君臨しており、いつかは去ることになるであろうが、企業は永遠に続くのである。

今でこそ、コンプライアンスという言葉を日々聞くが、この時からすでに猪坂は考えていたのである。山田にとっては身をもって教えてもらった、数々の貴重な経験となったのであった。

第7章　「七人の剣客」に学ぶ

鈴村会長は、マークセブン社設立の際に、流通業界の出身者よりも、他業界にいた小売業の無経験者を集めて、偉大な企業へと発展させた。

成功体験こそが自らを滅ぼす元凶として、同業者はできるだけ採用しないと聞いていたが、実際に入社してみると、金融、不動産、建設、衣料、飲料、飲食、旅行、サービス、各種製造など、中途入社者は多士済々《せいせい》であった。

創業当時から成長期にかけては、いずれも鈴村から直接に指導を受けながら、今日を創り上げた面々も多く、特に山田の印象に残る鈴村軍団を思い起こし、述べてみる。

1　人をやる気にさせるタイミング

山田が入社した一九八〇年は、マークセブン社として一〇〇〇店の開店を達成した年で、その後、二万店への道のりへと突き進んだのである。

この一〇〇〇店までの立役者として、経営幹部の一人に川崎専務がいた。

残念ながら二〇一八年に逝去されたが、語学堪能で企画畑を歴任し、最後に顔を合わせたのは、山田が退職してしばらくしてから本部を訪れた時、偶然にもエレベーターホールの前だった。

互いに顔を見合わすと、

「山田さん、久しぶりだな、元気でやっているか？」

「その節は大変お世話になりました」と挨拶しつつ立ち話を交わす。

「これから会議でね、部屋に行きたいのだが場所、分かるか？」

「自分はすでに退職しており、分かりませんが、多分その先の会議室かと思います」

「そうか、もう退職していたのか、それだけ懐かしいということだね。ありがとう、また会社に来たら寄ってくれ」

そう言って去って行った後ろ姿は今でも記憶に残るが、それが最後となった。

川崎には在職中に何度か役員室に呼ばれ、部内の業務状況を聞かれたのである。いろいろと質問をされ、最後に、

「何か困っている問題はないか」といつも尋ねられ、こんな話でもいいのかと思われる話題でも、熱心に相槌《あいづち》を打ちながら聞いてくれたのである。

川崎は社内に店舗管理課という、賃料の改訂交渉をする部署の必要性を説き、その初代マネジャーに山田が任命されたのは一九九〇年の時である。

その一年後くらいか、それなりの小さな成果を出し始めた時に、業革会議で店舗開発部

の部長と共に発表の最中に、川崎が、

「新設した店舗管理課では、彼が成果を上げつつ頑張っています」と、唐突に山田の紹介をしたのである。

川崎の隣には、あの鈴村会長が鎮座しており、

「今、どういう仕事の仕方をしているのか?」と尋ねられ、現在進めている仕事内容を報告すると、いくつかの質問があった。それらに慎重に答えていくと、

「今後はこういうことも考えながら頑張ってやってくれ」、と鈴村自ら檄《げき》を飛ばしてくれたのである。無論、誘導は川崎の言葉からである。

そういう意味で川崎とは、直接的に業務上の繋がりはないが、間接的には応援をもらい、それがどれだけ山田の心の中に灯火をともしたことか。

人をやる気にさせる方法とは、川崎自らも指導し、時にはさらにトップの言葉を導きながら教わったことであり、それを山田個人の中に溶け込ませてくれたものと感じたのである。

それにしても早い逝去は残念至極であり、懐かしの日々を振り返り合掌をするばかりである。

2　仁義に厚くラーメン好き

水野専務は、山田が入社した当時は常務営業本部長であり、その後専務になった。マークセブン社に新卒で入社して運営を担当し、スーパーマーケット部門の出店にも関わっており、社内においては不動産のプロでもあった。

出身は埼玉県であり、実家は呉服屋を経営しており、いわゆる商家の出である。

山田がその埼玉県飯能市で契約をするために、加盟店稟議を上申したのだが、水野に呼び出しを受け席に伺った時のことである。何か書類に問題があるかと思い巡らしながら席に着くと、

「この稟議の件で、南さんに会って挨拶をしてきなさい」という指示であり、

「分かりました」と言いつつ怪訝そうな顔をしている山田を見ながら、

「南さんは商店街の会長さんなので、マークセブンが出店するにあたり仁義を切ってきなさい。水野から言われましたと言えばいいから」と言われたのである。

納得顔で引き下がり、後日、早速に南会長さんに挨拶に出向いた時、

「わざわざ来てくれてありがとう。マークさんが出店してくれれば商店街も賑《にぎ》やかになっ

ていいね、水野さんにもよろしくお伝えください」と笑顔で対応してくれたのである。

山田にとっては、この「仁義を切る」ということは初めて教わったことであり、任侠《にんきょう》映画の世界の中ではよく使われる台詞《せりふ》なのであるが、正直、少し時代錯誤な感覚になった。

地元商店街の店主にとっては、コンビニ、しかもマークセブンが出店すると聞けば、歓迎半分で、苦々しい思いも半分、というのが正直なところであろう。

大型のスーパーや専門店が出てくるならともかく、売り場面積五十坪足らずのコンビニが出店するのが、そんなに大層なことなのかと山田は思うが、実際には酒屋、米屋、食料品店等は平均十坪から二十坪程度の売り場面積なので、コンビニの半分以下の大きさであり、彼らにしてみれば、まさしく黒船の来襲だったのである。

マークセブン社が全国に進出するに際しては、かなり過激な反対運動も起こり、開発業務を一時中断した地域も多々あった。

今回、事前に商店街会長さんに仁義を切ったのは、

「新参者ですが、何とぞ商店街のお仲間に入れてください」という企業の姿勢を示すことだったのである。

もし会長さんの耳に入る前に、他の会員さんからの情報で初めて知ったということになれば、笑顔で対応してくれたかどうか分からない。

商売の世界というものは、江戸時代頃には活発化しており、士農工商という制度の下で

一番底辺に置かれていたのかもしれないが、それが、より一層の仲間意識を作り上げていたのだと、山田には感じられたのである。

このお店のオーナーは、元大手飲食チェーン本部出身の方で商売人ではないが、接客から商品開発まで一連の業務に携わってきたので、人事管理も適切で、開店後も順調にお客様を増やされ、商店街にとけ込んでいったのである。

岡山県で初出店を迎え、複数のお店が同時開店をして賑わいを見せている時に、水野が店の視察に来た。

岡山地区開発責任者の山田が社用車を運転して、開店した店や、これから開店を迎える店をそれぞれ訪問したのだが、この時に水野から、

「俺を紹介する時に、マークセブンを創った者だと伝えてくれ！」と言われ、言われた通りに紹介をしたが、相手のオーナーたちの尊敬の眼差しと、水野の嬉しそうな笑みが今でも脳裏に焼き付いている。

確かにマークセブン社は鈴村会長が創ったが、水野がその陰日向になりながら今日の会社を一緒に起こしたのは事実であり、その自信と自負、情熱が体からあふれ出ていたのである。

幹部会議を含めて、鈴村が急用で出席できない時は、水野が代わりに指揮を執り、営業

三部門をはじめスタッフ部門にまで細かい指示を飛ばしていた。

水野はラーメン好きという情報を山田は得ていたので、倉敷市にあるラーメン屋に昼食時に入店した。事前に、

「人気のラーメン屋があるのですが、いかがでしょうか?」と尋ねた際に、

「俺はラーメン大好きだから構わないよ!」との返事は得ていた。

ほぼ満員のお店のカウンターに二人並んで座り、天井から吊《つ》り下げてある籠に金を入れる。メニューはなく単品のラーメンのみで、初めてだと要領が分からないが、山田は数回来ているのでこういう段取りの店だと伝えると、

「ホォー」と言いながら店内を見回していた。

そしてラーメンが運ばれると二人ともに黙食。スープを飲んで車に戻ると、開口一番、

「俺の中では好きな味だな、合格!」

とその言葉を聞いて、ホッと胸をなで下ろしたのである。

昨夜は水野から、

「何でも好きな物を食べろ。どこか行きたいお店はあるか?」と尋ねられ首を傾げたところ、宿泊先ホテルの支配人を呼び、聞いてくれた。

「市内で一番の寿司屋を紹介してもらったから、そこに行こう」ということになり、二人でカウンターに座った。味も雰囲気も一番の店の貫禄《かんろく》と実力はあり、大いに満足したが、

翌朝の食事を一緒に食べながら水野は、

「昨日の寿司屋は確かに美味《うま》かったけど、持ち合わせが足りずにカードで支払ったよ。値段だけでも銀座以上だな」と笑顔で一言。

仕事とは別のラーメン好きな、水野のもう一つの顔が垣間見《かいまみ》られた日であった。

3　剛柔を使いこなす株式上場請負人

一九八一年三月、店舗開発部への辞令を発令式で受け取り、その足で部署のある八階へと向かうが、会議中なのか事務担当の女性数人を除いては誰もいない。

後方中央部が恐らく本部長のいる席であろうと察し、その横で電話を受けていた秘書らしき女性に話しかける。

「今し方発令になりました、山田と申します」と言うと、即座に、

「お聞きしております。ただいま加藤は会議中で不在ですが、間もなく戻りますのでお待ちください」と返事が返る。

空いている席に座りながら書類を見ていると、

「君が山田さんか？　常務の加藤です。よろしくお願いします」と声がかかり、慌てて席

を立つ。ニコニコしながら肩を叩き、

「山田さんには埼玉県西部を担当してもらう予定だ。部長を紹介しよう」と案内をもらう。

ちょうどその日は、春と秋に開催される加盟店向けの「商品展示会」が、東京平和島にある流通センターで開催中であり、

「そうだ、君たちも俺の車で一緒に行くか？」と声をかけてもらい、初日から新参者が常務と一緒でいいのかと驚いたが、考える暇もなくいそいそと部長と共に車に乗り込んだのである。

さらに驚いたのは、自ら高級車のハンドルを握り、しかもスピードもなかなかのもので、新車で中央部にデジタル表示の速度計があり、アクセルを踏み込むと大きく青色の表示が伸びる。表現は悪いが、ゲームセンターにあるレーシングカーを連想させた。

ニコニコしながらハンドルを操る常務の横で、

「いやぁ、凄い車ですね、これは！」と驚いている部長と加藤の二人を後部座席から垣間見ていると、これから始まる店舗開発の厳しい仕事を想像することはできず、山田は何とも言えない安堵感に包まれたのであった。

加藤は大手証券会社出身者で、『「営業マン七人衆」の一人である』と当時の雑誌には紹介されており、マークセブン社の株式上場の際には、かなり尽力をしたと聞く。会社創業僅か七年で、当時の東京証券市場第二部へと上場を果たし、マスコミにも『コンビニでは

最初でかつ最短上場の企業である』と大きく取り上げられた。

実際に上場を果たした効果は大きく、学生をはじめとする就職活動や中途入社を希望する者が、質・量ともに増えたのである。

そして、海のものとも山のものともつかぬコンビニ企業を、額に汗して一緒に育て上げてきた加盟店や創業社員には、仕事の充足感と、創業者利益として有価証券への反映という形で報われることになった。

山田は入社後、社内持ち株会に入りコツコツと株式を買い入れ、また、マークセブン社も増配や株式分割を積極的に行ったので、資産形成にも大きく役立ったのである。加藤常務の高級車もその一環かもしれないと山田は思いつつ、仕事を進めていったのである。

ある時、仕事で加藤と同行した際に、西武線狭山ヶ丘駅前にある酒屋を前にして、「山田さん、ここ訪問しているか？」と問われ、思わず言葉を濁したことがある。

というのも、近くで他の酒屋からの申し込みが来ており、確かにこちらの方が立地も良いのは分かっていたが、一見して繁盛店と分かるほど客が入り、訪問しても一蹴されることを恐れ、足が遠のいていたのは事実であった。

そんな山田の態度を察してか、加藤はいきなり店の中に入り、店主とおぼしき人に名刺を差し出したのである。

「マークセブンの加藤と申します。大変素晴らしい場所と、陳列、接客や清掃を含め行き届いたお店なのでご挨拶に伺いました」と話し始めた。

店主も名刺を垣間見ながら言葉を取り交わしていたが、加藤は帰り際に、「今後、この山田という者が何度か来ますのでよろしくお願いします」と紹介し、店を後にした。

ほろ苦い思いを感じながら、訪問することの基本と大切さを、加藤が自ら示してくれたことに、山田は胸を締め付けられる思いがした。


加藤が常務から専務になり、さらに会社を退任されてしばらく経過した時に、山田は他部署の常務に呼ばれ、

「加藤さんは体調が悪くて入院されている。先日お見舞いに行ってきたが、山田さんに会いたいと言っている。行くか行かないかは自由だが、忘れないでくれ」と伝えられた。

早速に病院を訪れ病室へ行くと、先客がいたが山田の顔を見るなり、

「おぉ、山田君か、久しぶりだなぁ」と手招きされ病室の中に入る。先客が帰ると笑顔で、

「元気そうじゃないか！　良かった。しばらく会ってないので顔を見たくなった」と満面の笑みで四方山《よもやま》話に花が咲いたのである。

帰り際に、「私も今は入院中だが、治ったらまた皆に会いたいのでその時は呼ぶから来

てくれ！」と言われ、山田は深々と頭を下げながら、

「こちらこそぜひ呼んでください。必ず参ります」と言葉を返した。

無事に退院されたと聞いていたので安心していたが、しばらくして訃報が伝わってきた。かなりの間、病魔と闘っていたことを後から聞き、最後に呼んでいただけたことに感謝を覚えたのである。

4 相手先との交渉はトップとやれ

一九九七年にマークセブン社の三代目社長に就任されたのが、進藤である。それまでは商品本部で専務本部長として指揮を執り、ある時、社内で鈴村会長と共に進藤専務が立ち話をしており、

「君もそう思うだろう。頑張ってくれよ、商品本部長！」と笑いながら会長が専務の肩を軽く叩いていた。まさしく全幅の信頼を置いた感じがしたが、その後間もなくの社長就任となったのであった。

就任されるや否や、社長業務に加えて店舗開発部の本部長も兼務したのである。当時は四人の取締役がおり、それぞれ一部から四部の部長で構成されていて、歴戦の強者《つわもの》たちを

仕切るのは社長しかいないということなのか、多忙な業務の合間をぬってはたびたび会議に参加したのである。

当時の山田は部長職であったが、社長と部長方との連絡役となっており、部長たちは週の中盤からはほとんど出張や外出で不在が多いので、社長から指示があれば、会議の参集を執るなり連絡事項を伝え、また逆に部長からは、秘書または社長に直接報告をした。

多分、秘書に目配せして直接社長室に入室した一般社員は、山田くらいしかいないと感じていたのだろう、秘書も同様に目配せをくれて、そのまま部屋に向かい、頻繁に出入りをした記憶がある。

その進藤から教示されたことは、

「経営は拡大均衡であり縮小均衡ではない、相手先との交渉には必ずトップと会え。そして部門の行動計画は、今はトップダウンではなく、ボトムアップで現場に考えさせ提案すること」

大きく分けるとこの二点であった。

山田は加盟者を募りつつ店舗を作るのが、チェーンの原動力であることを重々理解していたが、あらゆる小売業に共通する点は、店舗がないことにはお客を呼ぶことはできないし、その拡大策としては行き詰まり感のある中小小売店からの転換だけではなく、立地の良い場所を優先して確保し、加盟者は同時並行的に選任することにしたのである。

そのために不動産情報が必要であり、建設会社など合わせて大手三社との業務提携を狙ったのである。

社長からの指示は、

「五井不動産は私がトップと接触してみるから、山田さんは他の二社をあたってくれ」

であり、

「まずは必ずトップと会うことにしなさい、話はそこからだ！」と付け加えられた。

はたと困ったのは、両社ともに今までは競争相手だったからであり、これは良い場所だと目に付けた所には、自ら地主さんを直接訪ねたので、その過程で両社の営業マンにも遭遇し、名刺を交わしたこともあった。しかし、社長に直接会うとなると全く手掛かりはないのである。

考えても仕方がないので、受話器を上げて大山ハウスに電話をして秘書室に繋いでもらう。

「マークセブンの山田という者ですが、弊社社長が業務提携の件で、御社の社長と面会をお願いしたい」と伝えると、丁寧な口調で、

「分かりました、社長に聞いて後日ご連絡をいたします」と告げられた。感触は悪くはない。

翌日、先方から電話があり、

「専務の村田と申します。話は分かりましたが、まずは私が御社の社長にお目にかからせていただき、話を伺った上で当社社長との面談をセットしたい」と切り出された。

数日後、専務が本部を訪れ進藤社長と面会した。社長は面談の主旨を静かに熱い思いで語り、大山ハウスの日村社長との面会を希望したのである。

当時大山ハウスは、業界二番手のハウスメーカーだが、日村社長に代わり、戸建て住宅に加えてマンション、商業用店舗、物流倉庫などの拡大を図っていた時であり、時代の寵《ちょう》児《じ》としてマスコミにも名声を博していた。その社長と、一方はマークセブンをさらに飛躍・拡大させようとする社長との、社長対社長の会談である。

進藤に伴って山田が千代田区にある東京本社を訪れたのはそれから間もなくのことで、進藤と共に社長室に入ると、程なく日村社長が姿を現し、名刺交換となった。

深々と頭を下げる進藤の横で山田も同様に頭を下げ、顔を上げると開口一番日村社長から、

「村田専務、進藤社長のお辞儀の仕方を見たか！　腰を九十度に曲げてあのように深々と頭を下げることだ。トップがこれだから部下も真似をするようになる。自然と会社全体で頭を下げるから、お客さんも気持ちよくなりお店に来てくれる。我々の会社も同じだ、家を建ててやるとか店を造ってやるとかではないのだよ」

そんな言葉を聞いたのである。

帰りの車の中で進藤から、

「あの日村さんはさすがになかなかの人物だな！　あとは業務提携契約に向けて全力で話し合いを続けてくれ」と指示が出た。

それから三年後、大山ハウスとは一年間だけで全国一二〇店舗以上の開店を達成した。名古屋や金沢での営業事務所の建設は、いずれも同社の協力で造られたもので、山田も同社の大阪本社、東京本社や全国の支社・支店を回り、取り交わした名刺の数も五百枚を超えたのであった。

もう一社の誠建設社長もしかりで、品川駅港南口にあるマークセブン品川駅前店や、川崎駅前の店舗も借りることになったのである。

経営判断を素早くして、それを現場にいち早く落とすには、トップに会うことが一番なのだが、これを身をもって教えてもらえたのである。

窓の外に目をやると、そこには上智大学のキャンパスが目にとまる。

会社創立時は千代田区に本部があり、その後港区に移り、再度千代田区に戻ったことになるが、その本社一角の会議室は重苦しい雰囲気に包まれていた。

四取締役部長が参集し、来期の開発計画を協議していたが、中小小売店等を主とするフランチャイズタイプの獲得に陰りが見え始めており、と言って開店数を下げるわけにはいかず、進藤社長はそれらを見越して商社・金融機関・建設・不動産などを中心としたベストな立地の獲得を目指し、前年以上に店舗数を増やす計画を実行しようとしていた。

昨年はいくつ開店したから、今年はその何パーセントかを上乗せし、全体で例えば五〇〇店の開店目標にするという方法で今までは進んできたのだが、今回は意見が割れ、時間だけが過ぎた。そして侃々諤々《かんかんがくがく》の議論の末に目標数は決まったのである。

だが、各地区への割り振りの段階で、各部長の意見が割れて纏まりがつかない。

人は誰しも率先して多くの目標を抱えたくはなく、単純に考えると全体に上乗せされた目標分を各部長のエリアごとに上乗せすれば済むが、それぞれ四役員同士の思惑と、役付役員へのステップも目の前にあり、戦々恐々としていた。

一人目の役員が、

「私の部では人手が足りず無理だ」と言えば、

「新人が多く教育段階であり、それほど数は増やせない」と二人目から反論があり、

「成熟エリアなのでそう簡単に店は増えない」と三人目の役員が述べれば、

「新地域を担当するのだから、もう少し時間が必要だ」と四人目が返し、

「新しい地域だからたくさん出店できるだろう?」等々の応酬で収拾がつかないのである。

山田は直接的には開発業務そのものを担当していないが、進行役で必ず会議には出席し、そのつど意見を求められることもあり、「こうしたらどうでしょうか」「この方法はいかがでしょうか」と言うと、

「それは良い考えだ！ 山田の部署でも目標数を持ってやってくれ」と、冗談ともつかないブーメラン状態になって返ってくるのである。

見かねた某部長が、

「山田を責めても仕方ないから、もう一度それぞれ考えてみよう」と仕切り直しの状態となる。

そこに秘書から連絡が入り、山田に社長室に来るように指示が入る。

会議を中座し出向くと、社長が「どうだ、目標数は決まったか」と尋ねるので、これまでの経緯を簡単に伝える。すると社長から、

「最初に目標数を決めてそれを各部署に落とすのは駄目だ。各部で揉んでそれを積み上げていく、現場からの意思が一番必要だ。それをやらないと絵に描いた餅になる。――そこは俺が各部長に伝えるから、君は先に地ならしをしておいてくれ」と言われた。

山田はすぐ会議室に戻り、

「もう一度各部の事情等を考えて出店数を決めてください。その集計をもって本部全体の計画数とする、というのが社長の考えです。後ほど会議に参加されるので、それまで各部で協議をしていただき再度参集を願います」と伝える。

そして再開された会議の冒頭で、社長から直々に、

「幸いにも当社は今順調に店を増やしている。こういう時は現場からの声を拾い上げて、

担当者で何件開店するのか、新人・ベテランではどうか、地域ではどうか、そして部ではいくつになるのか、その集計が本部の目標数となる。上からの押しつけでは上手くはいかないから、全員で考えろ」と指示が出たのである。

後日集計した目標数は、当初決めた数値を上回るものが出てきた。

これ以降、マークセブン社のさらなる出店攻勢は続いたのである。

商社、問屋、金融機関、建設、不動産会社から情報をとり、石油元売り、大学や病院、鉄道駅中、大型ビルなどへの各種の出店体制を整え、企業との連携をとりながら開発の歩を進めていった。

進藤社長は二〇〇二年五月に退任され、在任期間は五年間だが、その後副会長に就任された。

5　関西弁で語る人身術

残念だが、山田が在職中に他界されたのが仲本常務である。

出身は繊維関係企業を中心とした労働組合の幹部と聞いており、異色の経歴だが、鈴村会長は創業時よりこうした方々を参集され、実態はパン製造業、自衛隊、商社、労働組合などからの寄せ集め集団なのである。できるだけ小売業関係者でない方が、経験や価値観にとらわれることなく業務を執行してくれると判断されたようである。

仲本は、関西地区の初進出である京都に山田が異動を命じられた時の本部長であり、山田自身は東京生まれであり、京都へは修学旅行や観光で出向いたことはあるが、土地や歴史もよく分からず、親戚縁者もなく関西弁もできない。

これは人生の一大事と捉え現地に赴いたが、やはり想像以上に関西全体への開発業務は困難であり、逆に言えば多くの経験を積んだのも事実なのだ。

以下、二つの店舗の例を挙げる。

京都府の南に位置した所に田辺町（現在は市）がある。そののどかな田園地帯の生活道路沿いにぽつんとある酒屋が山田の目にとまった。

入り口を押して中に入ると若い男性店主がおり、挨拶を交わして「マークセブンです」と名乗ると、

「聞いたことあるけど、何だっけ？」

当時のマークセブンの知名度はその程度で、関西を地盤としたセカンドミルク社が圧倒していたのである。

店主は、母親から受け継いだ酒屋を任された三十代半ばの独身であった。

もう一店舗も田辺町だが、新興住宅地に囲まれた一角に酒屋があり、訪問すると、中か

ら店主が出てきたので、同じように名乗ったところ、店主の目がキラリと光った。父親から継いだ店だが、こちらはサラリーマン出身であり、経済新聞でも読んでいるのか、「マークさん、とうとう京都にも来やはりますか」と、笑みを浮かべながら次々と質問が飛んできた。

こういうことも時折あるが、体よく断り続けられた京都では、初めての経験であった。話は弾み、さらに途中から奥さんも加わり、質疑というか会話の時が過ぎていく。この奥さんはいかにも商売人といった感じで、笑顔が素晴らしく接客上手でファンも多いとのことで、明るい理想的な四十代の夫婦であった。

両店舗ともその後時間はかかったが、細かい説明のあと京都市内中心部にあった二店に案内して、オーナーに直接質問してもらい、不安や不明なところを聞いてもらったのである。

段取りがとれたタイミングで、仲本と二組のオーナー候補との面談をセットし、東京から来てもらうこととした。

当日は朝九時に京都駅に迎えに行くため、遅れてはいけないと三十分ほど前に着くようにしたが、驚いたことに、すでに仲本が来ているではないか。慌てて山田は小走りに駆け寄った。常日頃から仲本が言っていた通り、「時間を厳守しろ」を徹底された方であった。

もともと地元の出身であり、関西弁は得意なので、両店のオーナー候補とそれぞれ面談してもらい、笑いの中で話も弾み、無事に終了したのである。

帰り際に、

「東京から来て、よう関西にとけ込んだなぁ、ご苦労さん。――わしは近くの駅でいいので、そこまで送ってくれ！」と言われ、

「京都駅まで送ります」と返すと、意外にも、

「君の仕事の邪魔をするわけにはいかんので、一番近くの駅でいいから」と言い切られ、社用車で近くの急行も止まらないローカル駅に送ったのである。

もちろん、両店ともに後日無事に契約へと進み、開店日には多くの周辺のお客様に足を運んでいただいたのであった。


時はバブル絶頂期から崩壊が近づきつつあった一九九〇年代。地方を含め東京でも土地値の高騰とともに家賃も著しく値上がりし、採算が合うような場所での出店が難しくなっていた。

「何とかして都内に店を増やせ！」という掛け声の下、出店するにあたり採算のとれる家賃は最大いくらまで出せるのかを計算し、そこから賃借する面積を割り出して、それに合う立地条件の物件を探し始めた。

だがそうなると、標準の店舗面積である五十坪をはるか下回る、二十から三十坪くらい

の面積になってしまうのである。そのくらい当時の不動産価格は狂っていたのであった。

その時、山田はちょうど関西から東京地区へ戻り、都心部を担当していた。常務から「早急に探せ」の号令がかかり、テナント探しに明け暮れ、鈴村会長からの、「都内を走っていても、他社の看板はあるがマークセブンは見えてこない。どうなっているのか」の発言も、否応《いやおう》なく開発のスピードを後押しし、とにかく店舗探しに明け暮れたのである。

そうは言っても、小型店は「エキスプレス店」と称したものの社内にも伝達は一切されておらず、役員会でも承認はされていないのである。

探し始めて三か月後辺りで物件が出てきたので、原宿と赤坂の二か所へ、仲本に立地状況視察を兼ねて現地案内をした。

それぞれ二十五坪と十三坪くらいの店舗面積で、標準店の半分か三分の一くらいである。建築部に無理やり配置図を作成してもらい、それを見せつつ立地環境を説明していく。山田は仲本に、家主との話から「こんな小さくて店が出来るの？　店があれば便利だけど大丈夫か」と言われたことを伝えると、

「お客さんのことを考えれば店は必要なのだ、あとは運を天に任せよう」と神がかりの答えである。

そして会社に戻ると、

「山田さん、すぐに稟議書を書け」と仲本の言葉。

概算見積書・投資額表と収支表など一式揃えて稟議書を翌日持参すると、素早く目を通し、「少し待ってくれ」と言って部屋を出て行った。

しばらくすると稟議書を手に持ちながら、

「今、鈴村会長から承認印を頂いたから、君はすぐに各部の捺印《なついん》をもらってくれ。急がないと物件が流れるぞ」

恐る恐る稟議書を見ると、最終決裁者の欄に「鈴村」の押印があるではないか。だが、その前段にある各部の承認印は当然ながらまだ一つもない。

「これって、会長の決済印があるので、当部で否決印は押せないでしょう。要は喉元に刃物を突き付けて、判子を押せってことですか」

似たような反応と言葉が各本部長の口から相次ぐが、

「ご無理ごもっともです」と言いつつ冷や汗をかきながら、山田は順番に各部に書類を持ち回る。

不思議とどの本部長からも「反対だ！」との言葉はなく、手続きを進めたのである。今では問題になりそうなやり方だが、それだけ当時の会社にはトップ企業としての勢いがあったのである。

残念ながら現在は両店舗ともに時代の役目を果たし姿は消したが、仲本からは、

「人と人との繋がりは信頼と愛情で、これは企業も同じで誠実・信用・実行なのだ」ということを、教えていただいた。身をもってそれぞれの場面で、話し方から接し方、考え方と仕事のやり方を、時には強引とも言える方法でも進める強い信念が必要なのだということを教示してもらえたのである。

少しの時間の余裕ができて、大阪城へご一緒したことがあった。道の途中にアイスキャンディー屋があり、いそいそと歩み寄り二本買って、「君も食べないか」と一本差し出されたので口に含んだ。その時の仲本の嬉しそうな顔と、アイスキャンディーの冷たさが、山田には今でも想い出されるのである。

6　理論的に考えるには、こうする

法務部部長から専務へ、そしてマークセブン社全体の法務関連事案を担当し、特にフランチャイズ・ビジネスについては、関係者からもあらゆる相談を受け、業界のご意見番とも言われ一目置かれていた、それが才賀専務である。

問題が生じて相談に伺うと、法律の専門家らしい論理的で分かりやすい解説をされ、かつ対応方法も指南してもらった。

ホワイトボードがあればそこに、なければ白紙に、例えば事案の当事者と関係者の間に起きた内容を、図に書きながらまず整理し、次に何が問題点なのか、双方の主張は何か、それが法務上どのように解決させれば一番良いのか、知識と知恵を授かるのである。理解できたところで、あとは現場に行って実践するのみで、それでも問題が起きたら、「またいらっしゃいね」という優しい言葉を背中に受けながら退席するのである。

でも時折、山田の理解を超える範囲の話をされると、さすがに戸惑い、頭の回転が追いつかない。専務はヘビースモーカーで灰皿はいつも満杯、かつ個室であり、山田は二十代からは禁煙者なので閉口した。

「ここまでの説明で理解できた？」と専務。

十分ではないが熱心な説明を受けているので、「分かりません」とは言いがたく、

「だいぶ整理できました」と答えると、

「そう。では今まで言ったこと、あなたの口から説明してくれる?!」

いやはや何もかもお見通し状態なのだが、分かる範囲で説明し始めると、

「そこはそうではなくて、この考え方で説明して」と再教育され、時計を見ると結構な時を費やしている。

こうしたことを何回か繰り返し、今度は山田自身が相談事の聞き役に回る時が来たのである。

入社して二十年が経過した二〇〇〇年頃から、店舗サポート部長になると、契約をはじめ諸々の稟議書や問題事などを、現場の担当者が相談に来るようになり、その際は才賀に教わった如くに下図を書きながら、整理して解決策を一緒に模索していくのである。

多少は役に立てたのかと思い起こしながら、同時に山田にとって向上が図れたことが大きかった。

大切なのは、人に理解をしてもらうことの大変さを考え、何とか問題点を解決する知恵を絞り出すことであり、店舗サポート部では、今までは各部ごとで行っていた稟議書の体裁や内容、書き方、考え方などの統一感を纏めたものと山田は自負している。

もちろん、困った時には才賀の部屋を訪れ、濛々とする煙の中で時にはトイレに行く時間を我慢しながら、机を挟んで膝詰めで薫陶を受け、それをまた現場にと実践していったのである。

才賀の食事は一日一食と聞いていたので、「何で一食ですか？」と尋ねてみると、「朝から食べるとね、脳みそが回転しなくなるのだよ。飲み物は必要だから、コーヒーは必需品だね」と言いながらタバコに火をつけていくのである。

では夜は食べるのかと思い、帰りがけに夕食をご一緒させていただくと、「日本酒」がご飯代わりであった。確かに米と言えば米なのだが……。つまみは取るが二から三品、締めのご飯も少量という感じであり、すべてが頭の回転を常に保つためという感じである。

役員を退任されても相談役ということで長く勤務されており、山田の方が早く退職となり、送別会ということで個別に席を設けてもらい、最後の杯を交わしながら想い出話に大いに花を咲かせた。

そして別れ際に一言。

「君と一緒に仕事ができたことは光栄だった。忘れないよ、これからも頑張ってくれ」

山田の目から熱いものがこぼれた。

7　「池内学校の校長先生」と言われた人

営業から店舗開発、そして商品部と、「営業三部門」と言われたそれぞれの部署を経験された池内専務だが、多くの後輩からは、「池内学校の校長先生」と呼ばれ尊敬された人で、卒業生はマークセブン社の中枢で活躍をしているのである。

店舗開発部には一年間くらい在籍したのか、アッという間に数件の契約と開店をこなし、次の部署に異動されていった。さすがエリートさんは出来がいい、かっこいいと山田は驚嘆した。

山田は都内中野区の商店街にあった店を勧誘して、契約稟議の申請を一度出した。駅近くで商店街だからか人通りは多く、道幅はそれほど広くはなく、かつ一方通行なので、車は人を避けながらゆっくりと進む。

この店の場合、一番の問題点は駐車場をいかに確保するかであり、それは山田も十分に理解し、近隣をあちこちと探した。幸いにも、少し離れた場所に駐車場を確保できたので、稟議の提出に至ったのである。

十日ほど過ぎて申請結果が出たが、意に反して決裁は非情にも「否決」であった。理由は駐車場が店と離れており、配送ドライバーに負担がかかるということである。

都内二十三区の駅に近い商店街の中で、店舗の前や横に駐車場を抱える場所を確保することは簡単ではないし、配送も台車を使えば十分に可能な場所と考えたが、結果は致し方ないので、作り上げた申請書類を断腸の思いで手で破り、ゴミ箱に捨てた。

それから数日後、当時の営業本部長であった池内から呼ばれ、席へ出向くと、

「この前の契約稟議だが、再度私が場所を確認したところ、立地的にはなかなか出てこない場所だから契約しよう。もう一度稟議を書いてくれ。書類は残っているだろう?」と話をされたのである。

一瞬頭が白くなるが、

「ありがとうございます。ただ、あの場所は運営部も反対で、特に物流部が配送の面で猛反対をしており、結果的に否となったと聞いております。その辺が再度協議されて可能となれば、もう一度書類は用意しますが」と尋ねると、

「物流部と運営部が反対したから、否の決裁となったのは知っている。運営部は私が責任者だから大丈夫だよ」と専務。

「物流部はどうするのですか……」と口ごもりながら席をあとにしたのだが、池内は「心配するな」と一言付け加えただけである。

それにしても、一端加盟者をはじめ駐車場地主にも断りをしており、今さらなんて言えばいいのだろうか。

「断られたからもう加盟しないよ、契約しないよ」と言われたら、そこで話はすべて終わるのである。また、破り捨てた書類も再度調査しないと揃わないなど、どこから手をつければいいのかと、頭の中は空回り状態が続いたのである。

結果は、何とかやり遂げて稟議書類を手に専務の席を訪れたのは、二週間後のことであった。

池内は笑顔で、

「いや、悪かったね。手間をかけさせたね。現場を再確認した時に、この場所は簡単には出てこないなと思ったよ。昔、自分も店舗開発を経験したから少しは立地が分かるので、

反対していた物流部にはきちんと話をつけたから大丈夫だよ、安心してくれ」と付け加えた。

その時に、巷で言われていた「池内学校の校長先生」の意味がハッキリと分かった。こうやって池内は、多くの卒業生を教えてきたのか！　と。

その心の温かさと豊かさを、組織の壁を超えて感じたものであった。

第8章　あとがき　……さらなる時代を超えて

こうして振り返れば、山田には時の流れの速さが、改めてひしひしと感じられたのである。

昭和・平成・令和と三つの時代を駆け抜けてきたが、会社の成長期から成熟期の、一番活力があった時に、山田の人生の大半を過ごせたことは幸運であった。なぜならば、マークセブン社をはじめとするコンビニ業態は、日本の文化を良くも悪くも変えてしまったからである。

一つ目は、年末年始の行動様式である。幼い頃には年末に大掃除をし、テレビの紅白歌合戦を見て、除夜の鐘を聞きながら正月を迎え、三が日はゆっくり過ごしたものだが、そんな文化はとっくに消えていた。

某大手製パンメーカーは、正月三が日の製造と配送のために出勤せざるを得ない従業員への配慮から、コンビニに強い拒否の姿勢を示していた。

それがやがてスーパーまでもが元日から営業を始めて、やがて小売業界全体へと広がったが、さらに最近では逆に、元日くらいは休むべきだという方向へ、目まぐるしく変わりつつあるのである。

二つ目は、マークセブン社での公共料金の支払いができるようになったことも、社会に大きな変化をもたらしたのである。

一九八七年十月に電力料金収納業務の取り扱いを開始したのだが、単身者世帯の若者には電気・ガス・電話料金などの引き落とし口座を開設せず、直接に窓口で支払う方が多く、それゆえうっかり忘れてしまい、電気がストップされたという笑い話もあった。

コンビニで買い物ついでに、しかも二十四時間いつでも支払えることは便利さが増し、今では公共料金に限らず、各種税金や行政書類からチケットなど、あらゆる支払いにまで拡大している。これらにより、関係する各社の回収に関わる手間は大幅に改善されたのである。

二〇〇一年に設立されたマーク銀行のＡＴＭは、各店舗に設置され多くのお客が利用しているが、これも同様に大きく時代を変えたものである。セカンドミルク社やスリーファミリー社も追従をした。

三つ目は、〝タイムコンビニエンス〟ということ。

マークセブンのお店が少しずつ増えていた今から四十年ほど前には、おにぎりやハンバーグなどの惣菜品を買って自宅に帰ると、妻からは、

「そんなのは家で作るから、お金がもったいないのでやめて」とよく言われた。

確かにおにぎりなどは、母親が手で握ってのりを巻いたのを食べていたし、家では毎日ご飯を炊いていたのである。

しかし、おにぎりをいざ作るとなると、お米をといて、ガスなり電気なりで炊いて、そして冷ましてから握るという一連の時間がかかるが、コンビニで買えばそれらの時間が必要なく、浮いた時間でテレビを見るなり、スポーツをするなり、ゲームをするなど自分の時間として使えるのである。

要は時間の有効活用なのだ。現在、コンビニにはたくさんの種類の弁当をはじめ、惣菜などのいわゆるデイリー品が並んでおり、抵抗なく買われているが、もちろんそこには美味しさや見た目の追求もあり、お金を支払ってもそれに見合うだけの「時間節約」ができるという、コストパフォーマンスの大きさもあるのである。

言葉でも、学生や若者は「コストパフォーマンス」は「コスパ」で済ませており、これも言葉の〝タイムコンビニエンス〟ではないか。

四つ目は客層の拡大である。

当初より十代から二十代の、しかも男性の客が中心で来店し、ざっと三十代まで合わせて約七十パーセント以上を占めていた。これはこれで既存スーパーマーケットとの客層の色分けとしては良かったが、この壁がなかなか破れない時代が続いたのである。

客層が広がらないと売り上げも拡大しないが、この点は商品やテレビコマーシャル、サービスへの取り組みだけでは、大きな変化は生じないのである。

あることから、店の認知度と便利さを世間に知ってもらった出来事がある。

それは良くも悪くも、阪神淡路大震災や、東日本大震災などの「天災」と言える事柄である。周知のように電気・ガス・水道などは停まり、生活必需品は買えないし、地域住民を含め地元の店までもが甚大な被害を受けたからである。

そんな中、全国的な展開をするマークセブン社は、いち早く他地区から食料品はもとより日常品までをも配送したのである。行楽地の車の渋滞時にはヘリコプターを使い、時にはバイク便、船便を使うなど、コストよりもまずは客へ届けることを優先したのである。

否応なしに店を利用せざるを得ない状況から、再び落ち着いた日常に戻ると、今まであまり来店しなかった主婦層やシニア層が増えて、さらに女性の比率も高まり固定化したのである。

どちらかというと価格が高いと思われていたコンビニは、意外とリーズナブルだし味は美味しいし、米飯類や惣菜などアイテムも豊富で、量的にも小分けで無駄がないことを実感できたのである。

こうしてお子さんから単身者、ディンクス（共働きで子供を持たない夫婦）、ファミリー、シニア層が安心して来店いただける店へと変身したのであった。マークセブン社をはじめとしたコンビニ各社は、単なるコンビニから社会インフラの一部として認識され始め、今や完全に時代の中に取り込まれたのである。

マークセブン社は、これらの事象にとどまらず、流通業界の常識を変革したのみならず、大きくは社会行動や仕事の在り方などにも影響を及ぼし、結果的に「時代を変えた」と言っても過言ではないと山田は考えるのである。

これらのことは際限なく現在も続いており、今後もさらなる時代の変化をリードしていくものと確信している。

例えば政治の面では、「選挙における投票」を、コンビニを投票所の一つとして利用するのはいかがだろうか。二〇二四年にはマイナンバーカードが健康保険証と一体化するという政府の発表もあり、カードの普及に伴い不正ができないなどの工夫をしてコンビニでの投票を行えば、若者たちの投票率はグーンとアップし、政治に対する認識も高まるのではないか。

今は戯《ざ》れ言《ごと》なのかもしれないが、いつの日かその時代が来るだろうし、過去を見てもその時代は来たのである。

鈴村会長は、この事業を始めようと親会社に提案した時に、社内には賛成する者は一人もなく、反対の声だけだったと会議で発言した。それを押し返して不退転の決意で今日のマークセブン社を作り上げたことには、驚嘆と尊敬しかないのである。

彼は、そうやってこれまでに登場した猛者たちを纏め上げ、世界一のコンビニエンスストアーを作り上げたのである。

その偉大な事業のほんの小さな一端とは言え、共に仕事に参加できたことは、山田にとっては幸運としか思えない。

二〇二三年、マークセブン社は、設立からちょうど五十年を迎える節目の年となる。

この記念すべき五十周年に合わせ、山田の人生も棚卸しをしたいと思い、この記録を書き残すことにしたのである。自身の回顧録と言えばそうなるのかもしれないが。

著者プロフィール

田村 和昭（たむら かずあき）

1980年、大手コンビニエンスストアー本部に中途入社。以降35年間にわたり勤務。フランチャイズ加盟店開発を中心に従事。東京を中心に関東・関西・山形・中国四国等への出店に携わる。開店店舗は200店超で、全国各地の出店候補地を細かく現地確認。法人営業部の基礎と新しいスキームを構築し、部長職として部門を統括。現在はこれらの経験を生かし、関連企業やスポーツメーカーのアドバイザー業務を行う。「異業種情報交換会みらい21」理事長として130社超の会員企業との交流を取り纏めている。SNSにも投稿。宅地建物取引士、行政書士資格。駒澤大学経営学士。

「コンビニ」が変えた時代

2023年７月15日　初版第１刷発行

著　者　田村 和昭
発行者　瓜谷 綱延
発行所　株式会社文芸社
〒160-0022　東京都新宿区新宿1－10－1
電話　03-5369-3060（代表）
03-5369-2299（販売）

印刷所　株式会社フクイン

ISBN978-4-286-30068-9